Ramón J. Sender

RÉQUIEM POR UN CAMPESINO ESPAÑOL

edición de
Borja Rodríguez Gutiérrez

- STOCKCERO -

Sender, Ramón J.
    Réquiem por un campesino español / Ramón J. Sender ; edición literaria a cargo
    de: Borja Rodríguez Gutiérrez -
    1a ed. - Buenos Aires : Stock Cero, 2006.
    104 p. ; 22x15 cm.

    ISBN 987-1136-48-X

    1. Narrativa Histórica Española. I. Rodríguez Gutiérrez, Borja, ed. lit. II. Título
    CDD E863

1° edición: 2006
Stockcero
ISBN-10: 987-1136-48-X
ISBN-13: 978-987-1136-48-3
Libro de Edición Argentina.

Hecho el depósito que prevé la ley 11.723.
Printed in the United States of America.

stockcero.com
Viamonte 1592 C1055ABD
Buenos Aires Argentina
54 11 4372 9322
stockcero@stockcero.com

Ramón J. Sender

RÉQUIEM
POR UN
CAMPESINO
ESPAÑOL

Indice

Introducción

El 3 de Febrero de 1901 nació Ramón J. Sender en Chalamera, un pequeño pueblo aragonés, que tenía por entonces poco más de 400 habitantes. Su infancia y su juventud transcurren por diversos pueblos y ciudades aragonesas, salvo una breve temporada, apenas cumplidos los dieciocho años, en la que intentó, sin éxito, abrirse camino en Madrid como escritor. Esta etapa aragonesa termina en 1923, cuando se ve obligado a cumplir el servicio militar y toma parte en la Guerra de Marruecos.

Aragón es un extensa región española que se sitúa al norte, lindando con los Pirineos, las montañas que separan España de Francia. A pesar de esas montañas, la mayor parte de su terreno es llano y, en la época de la juventud de Sender, básicamente agrícola. Sin apenas industria la gente que vivía en los pueblos aragoneses sacaban su sustento de la tierra, muchas veces con la presión de pagar fuertes rentas a los grandes propietarios del terreno. Ese es el ambiente en el que Sender sitúa gran parte de sus novelas, y en el que está situado el *Réquiem por un campesino español*.

La guerra de Marruecos es una experiencia crucial para Sender.
La guerra había comenzado en 1911 cuando Francia había cedido parte
de la administración de Marruecos (al norte de África) al gobierno español. Desde el comienzo de su administración el gobierno español se
encontró con grandes dificultades y con constantes focos de violencia.
Ésta fue muy importante en el Rif, zona montañosa de Marruecos, de
donde surgían la mayoría de los combatientes. En 1921, dos años antes
de la llegada de Sender, se había producido el "Desastre de Annual",
que marcó para siempre el recuerdo de la guerra de Marruecos en la
mayoría de los españoles. Debido a la inepta dirección del combate por
parte de los generales españoles, en Annual, en la costa marroquí,
fueron derrotados y muertos en su mayoría, 13000 soldados españoles
a menos de 3000 combatientes rifeños. Desde entonces Marruecos fue
una lenta agonía y una sangría para los soldados españoles, hasta que
en 1925, gracias a la ayuda de Francia, termina la guerra con la rendición de los rebeldes rifeños.

A Sender le ocurre lo mismo que a Arturo Barea, otro escritor español, también combatiente en Marruecos y también exiliado tras la
guerra civil española: la comprobación de la situación en el ejército español en tierra marroquí le inclinó cada vez más a posiciones políticas
de izquierda. En aquellos años, en los que la mayor parte de los combatientes de Marruecos morían (el temor a ese reclutamiento para la
guerra aparece en el *Réquiem*), las clases adineradas se libraban de
acudir al combate a base de privilegios, prebendas y sobornos varios.
Pero quienes tenían poca capacidad económica debían acudir. Tanto
Sender como Barea volvieron de Marruecos con la idea de que esa
guerra era otra explotación más por parte de los ricos hacia los pobres.

A la vuelta de Marruecos, en 1923, Sender se instala en Madrid y
trabaja como periodista. Es un periodista agresivo, incisivo, que busca
especialmente criticar al poder establecido. Ya en 1926 pasa por la cárcel
por participar en protestas contra la dictadura del General Primo de
Rivera. Siendo un periodista ya consagrado cubre un asunto especialmente tenebroso: la matanza de Casas Viejas. Casas Viejas era un pequeño pueblo de Cádiz, al sur de España, en el que un grupo de campesinos proclamaron el 11 de Enero de 1933 su independencia del
estado e implantaron una comuna libertaria. Las fuerzas de orden pú

blico entraron en el pueblo y fueron asesinados en el acto seis de los promotores de la iniciativa. Al día siguiente se hizo un registro del pueblo y doce personas más fueron sacadas de sus casa y asesinadas. El gobierno republicano, que presidía por entonces Manuel Azaña, quiso ocultar el asunto. Se procuró el silenció de todas las formas, se censuraron las noticias, y el ejército y la guardia civil acordonaron el pueblo. Pero Ramón J. Sender y otro periodista consiguieron enterarse de los hechos. Con riesgo de su vida entraron en el pueblo y denunciaron lo ocurrido. Los artículos de Sender provocaron un escándalo nacional y una crisis de gobierno. Pero desde entonces su nombre quedó marcado y más cuando publicó un libro relato de sus experiencias en Casas Viejas: *Viaje a la aldea del crimen.*

La vida de Sender y sus experiencias son la fuente de muchas de sus obras literarias de esa época. *Imán* (1930), sobre la guerra de Marruecos; *O.P. (Orden público)* (1931) que refleja su experiencia en la cárcel; *Siete Domingos Rojos* (1932) acerca de las huelgas revolucionarias en Madrid en las que él mismo participó; la mencionada *Viaje a la aldea del crimen* (1934).

En 1935, Sender gana el premio nacional de literatura con una de sus mejores novelas: *Mr Witt en el cantón.*

En 1936 Sender es, por lo tanto, ya un escritor de prestigio, un escritor consagrado con apenas 35 años. Está casado, tiene dos hijos, es célebre y ha superado los problemas económicos de sus inicios. Ha conseguido la estabilidad familiar y profesional y ante él se abre un prometedor futuro.

El 18 de julio de 1936 estalla la guerra civil española. Iba a durar tres años, de 1936 a 1939 y a romper las ilusiones, las expectativas y la vida de muchos españoles. Entre ellos la de Sender. Cuando estalla la guerra, Sender, sin dudarlo se incorpora al ejército que defiende al gobierno legal, contra las tropas golpistas al mando del General Franco, el futuro dictador que gobernaría España desde 1939 hasta 1975. Su mujer, Amparo Barayón, y sus hijos quedan en Zamora, una pequeña ciudad de Castilla, en el interior de España. Pero el nombre de Sender es conocido y muchos de los altos cargos del ejército de Franco tienen cuentas que saldar con él desde los artículos sobre Casas Viejas. Ante la imposibilidad de atraparlo, los enemigos de Sender se vengan en su familia y el 10 de octubre su mujer es fusilada, sin juicio previo, en Zamora. Antes, el 13 de agosto, había sido fusilado en Huesca su hermano, Manuel.

Mientras tanto Sender estaba en el frente, combatiendo en la brigada que mandaba el general Enrique Líster, del partido comunista. Desde un principio las relaciones de Sender con Lister fueron malas y el distanciamiento fue aumentando, también por razones políticas. Sender, anarquista en sus orígenes, siempre había desconfiado de los comunistas, y su relación con Líster le reafirmó en su idea. A lo largo de su vida iba a ser un anticomunista militante y su oposición al comunismo fue tan enconada y constante como la que mantuvo contra el régimen de Franco.

Desde 1937, apartado del frente se dedica a labores de propaganda. Consigue recuperar a su hijos, gracias a la mediación de la Cruz Roja y en 1939, cuando la República española cae derrotada, marcha con sus dos hijos a Nueva York. Intenta establecerse en México, pero finalmente regresa a Estados Unidos en 1942. Desde 1947 hasta 1963 es profesor de Literatura Española en la Universidad de Alburquerque. Ha conseguido en 1946 la ciudadanía estadounidense. A partir de 1965 trabaja en la Universidad de California hasta su jubilación en 1971. En 1972 se instala en San Diego.

Los años de estancia en Estados Unidos son de una producción literaria constante: *Epitalamio del prieto Trinidad* (1942), que constituye su acercamiento a la realidad latinoamericana; la extensa e importante serie de *Crónica del alba* (1942-1967), formada por nueve relatos, en la que recuerda su infancia aragonesa y su juventud de lucha; algunas de sus más importantes novelas históricas: *Carolus Rex* (1963), *La aventura equinoccial de Lope de Aguirre* (1964); el gran éxito de ventas que supuso *La tesis de Nancy* (1962) que conoció hasta cuatro continuaciones. Y desde luego, la que para muchos es su mejor obra: el libro que apareció por primera vez con el título de *Mosén Millán* (1953) y que desde 1960 aparece en las librerías como *Réquiem por un campesino español*.

En 1974 realiza su primer viaje a España desde que en 1939 tuvo que abandonarla. Al año siguiente, en 1975, vuelve tras la muerte de Francisco Franco. Pero nunca dejó Estados Unidos y su residencia en San Diego. Muere en esa misma ciudad, el 16 de enero de 1982, de un infarto de miocardio. Por expreso deseo del propio Sender, sus cenizas fueron aventadas en el Océano Pacífico.

La obra de Ramón J. Sender.

Sender es un escritor enormemente prolífico y variado. Periodista, poeta, ensayista, autor dramático... Pero sobre todo novelista.

Las novelas de Sender son sus máximos logros, la razón fundamental de su permanencia en el Olimpo literario. Escritor vocacional, publica a lo largo de toda su vida y trata multitud de temas, historias y situaciones.

La clasificación de su obra novelística es compleja, debido a esa misma profusión de publicaciones. Marcelino Peñuelas en una obra fundamental para el estudio del autor, *La obra narrativa de Ramón J. Sender* (Madrid, Gredos, 1971) ha propuestas esta clasificación: [1]

1-Narraciones realistas con implicaciones sociales

Imán (1930), *Siete domingos rojos* (1932), *Viaje a la aldea del crimen* (1934), *El lugar de un hombre* (1939), *Réquiem por un campesino español* (1953)

2-Narraciones alegóricas de intención satírica, filosófica o poética

La noche de las cien cabezas (1934), *La Esfera* (1934), *Los laureles de Anselmo* (1958)

3-Narraciones alegórico-realistas con fusión de elementos de los dos grupos anteriores

O.P. (Orden Público) (1931), *Epitalamio del Prieto Trinidad* (1942), *El rey y la reina* (1949), *El verdugo afable* (1952), *Los cinco libros de Ariadna* (1957)

4-Narraciones históricas

Mr. Witt en el cantón (1935), *Bizancio* (1956), *Carolus Rex* (1963), *Los tontos de la Concepción* (1963), *Jubileo en el Zócalo* (1964), *La*

---

1   Clasificación que sólo alcanza, recordemos, a las novelas publicadas hasta 1971.

aventura equinoccial de Lope de Aguirre (1964), *Tres novelas tere-*
sianas (1967), *Las criaturas saturnianas* (1967)

5-NARRACIONES AUTOBIOGRÁFICAS

Crónica del Alba, serie compuesta por 9 novelas, agrupadas en 3
tomos : (1) *Crónica del alba. Hipógrifo violento. La Quinta Julieta.*
(2) *El mancebo y los héroes. La onza de oro. Los niveles del existir.* (3)
Los términos del presagio. La orilla donde los locos sonríen. La vida
comienza ahora. (1942 -1967).

6-NARRACIONES MISCELÁNEAS

Contraataque (1938), *La tesis de Nancy* (1962), *La luna de los perros*
(1962), *El bandido adolescente* (1965)

Como cualquier otra clasificación es discutible, desde luego, pero
ofrece una forma de acercarse a la ingente obra del escritor aragonés.
De los grupos que establece Peñuelas, podemos deducir algunas de las
características más importantes del Sender autor de novelas: su impli-
cación social, su tendencia alegórica, su interés por la novela histórica
y su profundo autobiografismo. Quizás esta última característica sea la
más fundamental de Sender, algo que el mismo reconocía: «Todos los
autores que han hecho algo de veras interesante han hecho autobiografía. Tolstoy lo hizo, y también Balzac y Stendhal. Y Cervantes
mismo en el *Quijote*. Todos podemos hablar únicamente de lo que conocemos y lo que mejor conocemos es nuestra frustración o nuestra
plenitud. Entre esos dos extremos cabe toda la vida y esa vida, natu-
ralmente, la expresamos a través de caracteres o tipos que parecen ser
ajenos a nosotros, pero que en realidad han tomado forma antes dentro,
en nuestra propia experiencia[2]».

La evolución narrativa de Sender nos habla de este autobiografismo. La experiencia de la guerra de Marruecos está en *Imán*, su estancia en la cárcel en *O.P.*, su participación en las huelgas anarquistas
en *Siete domingos rojos*, sus experiencias de reportero en *El lugar de un*
hombre. Ya fuera de España se dedica al recuerdo de su infancia y juventud a través de *Crónica del alba* y de las nueve novelas que forman

---

2   Estas palabras forman parte de una entrevista que Sender concedió en su casa de San
     Diego a un equipo de Televisión Española en 1975 (Watts, 1976, 178)

esta serie [3]. Pero además, incluye episodios autobiográficos en multitud de otras novelas: valga como ejemplo que en la breve y trágica biografía de Paco el del molino, en *Réquiem por un campesino español* hay un momento crucial que despierta toda la rebeldía y el deseo de justicia de Paco: aquella ocasión en la que siendo monaguillo, acompaña al cura a dar la extremaunción a un viejo moribundo, que habita en unas cuevas donde viven los pobres más pobres del pueblo. Ese episodio, tan trascendental en la novela, es un recuerdo personal del propio Sender una vivencia real que él traslada a su personaje. Incluso en las novelas históricas (el gran historiador español José María Jover Zamora lo ha analizado en *Mr Witt en el cantón*) Sender está presente a través de episodios, de rasgos que saca de su propia vida y experiencia.

Este experiencia autobiográfica que aparece en sus novelas explica también porque España aparece en su obra como una realidad presente, hasta 1939, y como un recuerdo, cuando ya escribe desde su nueva patria, Estados Unidos. La España en el recuerdo es la que nos encontramos en el libro que nos ocupa aquí: el *Réquiem por un campesino español*.

Acerca de "Réquiem por un campesino español".

Cuando se publicó por primera vez esta novela fue en 1953, en México, pero con otro título: *Mosén Millán*. Siete años después, en 1960, al preparar la versión en inglés del libro, para el público de los Estados Unidos, Sender la cambió el nombre: a partir de entonces y para siempre la novela lleva el título que la hecho famosa: *Réquiem por un campesino español*.

La novela es breve, y el argumento, aparentemente muy sencillo. Mosén Millán, el cura del pueblo, espera en la sacristía la hora de comenzar la misa. Se trata de una misa de réquiem por un vecino del pueblo, Paco el del molino, muerto hace un año. A medida que va avanzando la novela nos vamos enterando de que Paco ha muerto, fusilado sin juicio, y de que el cura no ha hablado con los parientes ni con los amigos: la misa es una iniciativa suya que no ha consultado con

---

3   El protagonista de esta serie se llama Pepe Garcés. El autor, Ramón José Sender Garcés. El autor otorga al personaje su segundo nombre y su segundo apellido, para que quede aún más claro el carácter autobiográfico de esta serie.

nadie. Mientras espera, el cura va recordando la vida de Paco, puesto
que fue él quien le bautizo, quien celebró su boda y quien escuchó su
última confesión. También fue, y los recuerdos de mosén Millán nos lo
van desvelando, quien le traicionó y, por lo tanto, uno de los respon-
sables de su muerte. Los remordimientos del cura le han hecho celebrar
esta misa, esperando que los vecinos acudirían, no tanto a recordar la
muerte de Paco, como a perdonarle a él mismo su traición. La espera
y los recuerdos del cura confluyen en el final amargo de la novela: nadie
acude a la misa que el cura pretende celebrar, salvo los tres poderosos
del pueblo, los que instigaron el asesinato de Paco.

Mosén Millán fue el primer título de esta novela. Y resulta lógico
puesto que el personaje de mosén Millán es el eje constructivo básico
de la narración. En puridad asistimos a dos historias que se cuentan
de forma intercaladas. Por un lado el breve espacio de tiempo en el que
mosén Millán espera inútilmente en la sacristía de la iglesia que lleguen
los familiares y los amigos de Paco el del molino para comenzar la misa
de réquiem. Y por otro, la historia, extendida a lo largo de veinticinco
años, de la vida y la muerte de Paco el del molino. O mejor dicho, lo
que mosén Millán recuerda de esa vida, pues de la vida de Paco se nos
dan una serie de escenas sueltas que son las que vienen a la memoria
de mosén Millán mientras espera el comienzo de la misa.

Esa doble línea narrativa se ve complementada por el romance
anónimo que canta el monaguillo sobre la ejecución y la muerte de
Paco. El romance cumple la doble función de dar entrada en la narración a una voz diferente de la de mosén Millán y de realizar una narración anticipada, informando al lector de lo ocurrido antes de que
los culpables recuerdos de mosén Millán lleguen a ese momento.

Los recuerdos de mosén Millán, como hemos indicado son frag-
mentarios y no componen un discurso temporal ordenado. La información temporal es escasa y muchas veces desaparece (en una ocasión
incluso es errónea, aunque Sender no llegó nunca a rectificar ese
error[4]). En su viaje mental por los caminos de la memoria mosén
Millán presenta al lector un retrato de Paco basado en una serie de escenas significativas. Se podía decir que la técnica de presentación del

---

4   Al principio de la novela se nos dice que mosén Millán recordaba veintiséis años después
     el olor de las perdices que había comido en el bautizo de Paco. Si tenemos en cuenta que
     los recuerdos de mosén Millán se desarrollan un año después dela muerte de Paco, po-
     demos decir que el joven fue asesinado cuando contaba con veinticinco años. Después del
     episodio de la muerte del anciano en las cuevas que tanto impresiona a Paco, la novela nos
     dice que mosén Millán recordaba los hechos veintitrés años después. Pero como esos
     hechos ocurren cuando Paco tiene siete años lo cierto es que se trata de diecinueve años y
     no de veintitrés los que han pasado.

personaje es impresionista. No hay una descripción detallada y hay muchas facetas de la personalidad de Paco que no se nos presentan (la sentimental por ejemplo).

Este tipo de presentación va en consonancia con las pequeñas dimensiones de la novela que no son propias para detallados estudios psicológicos ni para caracterizaciones muy detalladas de los personajes. Casi todos ellos están presentados a través de estas técnicas impresionistas, por medio de escenas significativas que nos puedan hacer concebir una imagen del personaje. Así pasa con las apariciones del Sr Cástulo en las que se insiste en su frialdad y en su capacidad para el doble juego, o en las de Don Valeriano del que destaca su hipocresía y su hipertrofiado sentido de la dignidad, que le hace ofenderse por que Paco se ha servido de una botella sin pedirle antes permiso.

Esta caracterización básica de los personajes, con la que cada uno de ellos queda definido por uno o dos rasgos significativos es la más adecuada para la función que el autor quiere dar a la novela: una representación simbólica de la guerra civil española, de sus causas y de su consecuencias, de los elementos principales y de los agentes del conflicto. Ya hemos visto que una de las características fundamentales del Sender novelista es su tendencia alegórica. En este sentido se puede definir el *Réquiem por un campesino español* como una cuidada y completa alegoría.

Esta representación simbólica puede resumirse de la siguiente manera:

En

Una pequeña aldea   **España**

viven

Paco el del molino   **el pueblo español**

y

mosén Millán   **la iglesia española**

Ambos han estado muy unidos cuando

Paco el del molino   **el pueblo español**

era niño, pero cuando madura y empieza

a tomar conciencia de las injusticias y

de las contradicciones del lugar donde

vive se va separando de

Mosén Millán   **la iglesia española**

y más cuando

mosén Millán   **la iglesia española**
no le ofrece más solución a sus inquietudes
que la resignación y la aceptación
de la injusticia.

Paco el del molino   **El pueblo español**
decide tomar parte en la política
buscando una mayor justicia,
conseguir favorecer a los más necesitados
y repartir mejor las propiedades entre todos.

Los hechos de
Paco el del molino   **el pueblo español**
provocan la alarma de
Don Valeriano y Don Gumersindo   **la propiedad tradicional.**
Don Valeriano   **La propiedad tradicional**
además no sólo es rico por derecho
propio sino que es representante de
el Duque   **capitalistas**
que nunca viene por el pueblo ni hace nada
por él pero que cobra a la gente por el
uso de las tierras. También se interesa
por la actividad de
Paco el del molino   **el pueblo español**
otro de los personajes importantes
del pueblo,   **de España,**
el Sr. Cástulo   **la burguesía adinerada**
que primero intenta congraciarse con
Paco el del molino   **el pueblo español**
pero que cuando llega el conflicto
se vuelve contra él y se alía con
Don Valeriano y Don Gumersindo   **la propiedad tradicional.**
Mosén Millán   **La iglesia española**
contempla con alarma y desconfianza
la actividad de
Paco el del molino   **el pueblo español,**
se ve atacado por éste en sus privilegios
y se pone del lado de
Don Valeriano y Don Gumersindo   **la propiedad tradicional**
a los que se siente obligado por
haberle ayudado económicamente.

Además
mosén Millán   **la Iglesia Española**

queda muy dolido cuando
Paco el del molino   **el pueblo español**
toma la iniciativa de suprimir ceremonias
religiosas por las que
mosén Millán   **la Iglesia Española**
cobraba.
El conflicto fundamental estalla cuando
Paco el del molino   **el pueblo español**
decide acometer el tema de las propiedades y
deja de pagar las rentas de las tierras   **inicia la reforma agraria**
al Duque
En Julio de 1836
los señoritos de la ciudad   **tropas extranjeras**
entran en
la aldea   **España**
asesinan a la población indefensa
y nombran a
Don Valeriano   **Franco**
como
Alcalde   **Dictador**
deponiendo por la violencia al legítimo gobierno.
Antes de ese mes de Julio
mosén Millán   **la iglesia española**
y
Don Valeriano y Don Gumersindo   **la propiedad tradicional**
se han reunido con frecuencia para preparar
el golpe, reuniones a las que ha querido asistir
el Sr. Cástulo   **la burguesía adinerada**
pero en las que no ha sido admitido por que
no había confianza en sus intenciones.
No obstante
el Sr. Cástulo,   **la burguesía adinerada,**
que siempre juega a dos barajas, hace causa
común con las tropas de
Don Valeriano y Don Gumersindo   **la propiedad tradicional.**
Bajo el gobierno de
Don Valeriano   **Franco**
comienza un reinado del terror.
El zapatero   **El librepensamiento**
es asesinado,
el médico   **la ciencia**

encarcelado,

el Carasol   **las reuniones populares**

destrozado por la violencia y

la Jerónima   **las tradiciones populares**

antes una figura importante en el pueblo,
queda reducida a una vieja enloquecida
por el sufrimiento.
Mientras reina la violencia

mosén Millán   **la iglesia española**

se refugia en el interior de la iglesia
y no hace nada para impedirla, ni para
aliviar los sufrimientos de la gente.
Tan sólo presenta una protesta formal
porque se asesina a la gente sin darle
tiempo a que puedan confesarse.
Para que la victoria de

Don Valeriano   **Franco**

sea completa es precisa la total
derrota de

Paco el del molino   **el pueblo español.**

Para ello presta una decisiva colaboración

mosén Millán   **la Iglesia Española**

que aprovechándose de la antigua relación
que había entre ellos y de la confianza de

Paco el del molino   **el pueblo español**

le traiciona y le entrega para su ejecución.
La traición no es olvidada y por eso cuando

mosén Millán   **la iglesia española**

quiere volver a restablecer los lazos
con los vencidos por medio de una
misa de réquiem que nadie le ha pedido,
se encuentra con una iglesia vacía
a la que sólo asisten

Don Valeriano y Don Gumersindo   **la propiedad tradicional**

y

el Sr. Cástulo   **la burguesía adinerada,**

los enemigos y asesinos de

Paco el del molino   **el pueblo español.**

Al final la misa se convierte
en una burla sangrienta de la tragedia de

Paco el del molino   **el pueblo español.**

Esta alegoría esta desarrollada por el autor a través de una técnica narrativa que se basa en la reiteración de elementos significativos y en la alternancia temporal a través de la intercalación de secuencias que van del presente (mosén Millán esperando en la sacristía) al pasado (historia de Paco) y viceversa.

Las secuencias son veintiuno y se ordenan de la siguiente manera.

Presente	*Romance*	Pasado
1 - Mosén Millán espera. **Inmóvil. Ojos cerrados** Ruido del Potro en la calle *...el recuerdo de su desdicha Esperaba que los parientes acudirían... ...nadie la había encargado* Amigos y enemigos Pregunta al monaguillo- Nadie en la iglesia		
	Ahí va Paco el del molino, que ya ha sido sentenciado, y que llora por su vida camino del camposanto.	
Recuerdo del monaguillo. Extremaunción		
	y al llegar frente a las tapias el centurión echa el alto.	
Pregunta al monaguillo Nadie en la iglesia Zapatero nuevo y viejo		
2 -		**Bautizo**
3 - *Veintiséis años después* Olor de las perdices		
	ya los llevan, ya los llevan atados brazo con brazo.	
Monaguillo No hay nadie		
4 -		**Bautizo** Presentación de la Jerónima y del médico

5 - Jerónima, vieja y loca Monaguillo-No hay nadie **...cerró los ojos y esperó...**		
	Las luces iban po'l monte y las sombras por el saso...	
6 -		**Infancia** Unión Paco-Mosén Millán (6 años) Monaguillo (7 años) Visita del Obispo Semana Santa. Muerte del anciano en las cuevas Preguntas sin respuesta Influencia del padre
7 - *Veintitrés años después..* Monaguillo-No hay nadie **...con la cabeza apoyada en el muro...** **...con los ojos cerrados...**		
	...Lo buscaban en los montes, pero no lo han encontrado; a su casa iban con perros pa que tomen el olfato; ya ventean, ya ventean las ropas viejas de Paco.	
8 -		**Juventud** Alejamiento de mosén Millán. Lavadero Mozos del pueblo. Ritos de ini ciación. Rentas del duque. Padre. Preguntas a mosén Millán *¿Qué miseria?. Todavía hay más miseria en otras partes.*
9 - Llegada de Don Valeriano **...seguía con los ojos cerrados y la cabeza apoyada en el muro** **...seguía con los ojos cerrados...** **...sin abrir los ojos...** **...siguió con los ojos cerrados...** Hipocresía		

...en la Pardina del monte
allí encontraron a Paco;
date, date a la justicia,
o aquí mismo te matamos.

Pagar la misa

10 -	**Noviazgo y Boda**
	Sacrificio del padre.
	Críticas de mosén Millán
	Trabajador
	Incidente con la
	Guardia Civil
	Diferencias mosén Millán-
	Paco
	Zapatero-Aviso del
	cambio político
	Sr Cástulo
	Enfrentamiento
	Jerónima Zapatero

11 - *Siete años después...*
...sentado en el viejo
sillón de la sacristía...
No abría los ojos...
D. Valeriano: Nunca
escucha a nadie
D. Gumersindo: No
hay nadie

Ya lo llevan cuesta arriba
camino del camposanto...

...quería evitar que el
 monaguillo dijera la
 parte del romance en la
 que se hablaba de él

aquel que lo bautizara,
mosén Millán el nombrado,
en confesión desde el coche
le escuchaba los pecados.

D. Gumersindo. Pagar
la misa

12 -	**Boda**

13- D. Gum. y D. Val.
Hablan sin escucharse

14 -		**Actividad política** Elecciones *Gente baja* Reforma agraria-Huida del Rey- Bandera tricolor Sr Cástulo: *A dos barajas* Paco concejal Impago de rentas-Enfrentamiento D. Valeriano-Paco
15... *desde su sacristía...*	*Entre cuatro lo llevaban* *adentro del camposanto,* *madres, las que tenéis hijos,* *Dios os los conserve sanos,* *y el santo ángel de la Guarda*	
16 -		**Actividad política-Golpe de estado** Paco se aparta de la iglesia mosén Millán con los ricos (ingratitud) Paco-Avances sociales Disgusto mosén Millán: romería. Cree a D.Valeriano y no a Paco Zapatero- Piedra y Cántaro mosén Millán se ofrece como víctima Reuniones mosén Millán y Ricos (no Cástulo) Julio. Se va la Guardia Civil Llegan los señoritos Paliza al zapatero Asesinato de seis campesinos. Cadáveres en la cuneta

mosén Millán. Protestas a
D. Valeriano (alcalde):
extremaunción y rezos
Burlas de Jerónima al
zapatero
Muerte del zapatero.
Arrepentimiento de
Jerónima
Asesinato de cuatro con-
cejales. Agente de Rusia

17- *Desde la sacristía...*

18 -

Represión
Paco se esconde. Mosén
Millán presume ante la
familia de saber su es
condite. El padre habla.
*Además de los asesinatos
lo único que aquellos
hombres habían hecho en
el pueblo era devolver las
tierras al duque*
Mosén Millán presionado
Pistola. Cobardía. De-
nuncias. Promesas
D. Cástulo. Ametralla-
miento del Carasol
11/12 heridas. Muertas.
Médico encarcelado.
Paco se defiende. Re-
curren al cura

19- *Un año después...*
Don Cástulo. Pagar la misa.
Cerró una vez más los ojos...

*En las zarzas del camino
el pañuelo se ha dejado,
las aves pasan de prisa,
las nubes pasan despacio...*

Potro en la iglesia
*Ninguna persona,
pero una mula ha entrado...*
Potro suelto

padre enfermo, mujeres
medio locas, animales y
hacienda abandonados
Se echa a la mula

Las cotovías se paran
en la cruz del camposanto

20 -

Represión
Embajada de M.Millán
Alusión a la familia
Empujones y culatazos
Aire culpable (cojera y
barba)
Discursos: *imperio,*
destino inmortal, orden, fe
Paco al camposanto
M.Millán los confiesa
¿Qué puedo hacer yo?
¿Te arrepientes de tus pe
cados?
Paco cubierto de sangre
¡Usted me conoce!
Mosén Millán callaba,
con los ojos cerrados y
rezando
El me denunció... Mosén
Millán
Reloj y Pañuelo
Desdén involuntario
Dos semanas sin salir
Locura de la Jerónima

21 - *Un año había pasado...*
Reloj y pañuelo.
No se había atrevido...

..y rindió el postrer suspiro
al señor de lo creado. Amén

Salió al presbiterio y
comenzó la misa
...en la iglesia no había nadie

La estructura que hemos reflejado en el cuadro ofrece por lo tanto tres líneas narrativas: la espera de mosén Millan que se sitúa en el presente y que apenas dura una hora, el romance que durante esa espera canta el monaguillo y que sirve para anticipar al lector algunos elementos del destino de Paco y los recuerdos de mosén Millán que forman el grueso de la novela.

En las secuencias impares (las del presente) el autor acumula unas repeticiones que sirven para hacer más presente al lector algunos elementos que tienen gran fuerza dentro de la interpretación simbólica de la novela.

El primero de ellos es la pregunta de mosén Millán sobre la presencia de gentes en la iglesia y la constante respuesta del monaguillo: *No hay nadie en la iglesia*. La pregunta y la respuesta aparecen en la secuencia uno (en dos ocasiones), en la tres, en la cinco, en la siete, en la once (esta vez responde Don Gumersindo), y en la diecinueve. Mientras se oye esta serie de negativas van llegando a la Iglesia las únicas tres personas que asistirán a la misa. Los tres ricos del pueblo, los enemigos y asesinos de Paco. Pero eso significa que la iglesia sigue vacía, pues el cura ha anunciado la misa de réquiem esperando a otros, como cuenta el narrador al principio: *Esperaba que los parientes del difunto acudirían. Estaba seguro de que irían -no podían menos- tratándose de una misa de réquiem, aunque la decía sin que nadie se la hubiera encargado. También esperaba mosén Millán que fueran los amigos del difunto. Pero esto hacía dudar al cura. Casi toda la aldea había sido amiga de Paco, menos las dos familias más pudientes: don Valeriano y don Gumersindo. La tercera familia rica, la del señor Cástulo Pérez, no era ni amiga ni enemiga. Mosén Millán* no se había atrevido, desde la muerte de Paco, a dirigirse a la familia a pesar de saber el lamentable estado de la familia de Paco (secuencia diecinueve). Prueba de ello es la presencia del reloj y del pañuelo de Paco, que había recogido del cadáver, en su sacristía. La llegada de los parientes y los amigos de Paco a la misa, la asistencia a un funeral oficiado por mosén Millán (pues cuando murió Paco no hubo ningún funeral, ni mosén Millán se atrevió a hacerlo) representa para el cura la redención del pecado cometido, el perdón de aquellos a quienes ha ofendido. Pero esa redención no llega porque el pueblo se ha apartado del cura. Lo certifica el narrador en la última secuencia, la veintiuno cuando subraya que no había nadie en la iglesia. Esta vez sin necesidad de ninguna pregunta. La iglesia vacía es una declaración de condena unánime del pueblo hacia mosén Millán, y en el plano simbólico una valoración que hace Ramón J. Sender del papel de la Iglesia española en la guerra civil. El precio que va a pagar la Iglesia por su apoyo al bando franquista y a la dictadura será el del rechazo del pueblo a la iglesia, el de incontables iglesias vacías.

Sólo un amigo de Paco acude a la iglesia: su caballo, recuerdo constante de Paco para mosén Millán. Y para certificar la representación simbólica de la iglesia vacía son los tres ricos del pueblo y el monaguillo, representación de la Iglesia, los que expulsan al único amigo de Paco que ha querido hacerse presente en la misa de réquiem.

La segunda repetición importante de las secuencias impares, las secuencias del presente, es la imagen de mosén Millán con los ojos cerrados. La primera aparición de mosén Millán ante el lector es significativa: inmóvil, espera que la gente acuda a misa. Reza, pero el novelista nos aclara que su rezo es rutinario: *Cincuenta y un años repitiendo aquellas oraciones habían creado un automatismo que le permitía poner el pensamiento en otra parte sin dejar de rezar.* Esta presentación del cura, este rezo sin sentido, va a aparecer de nuevo en otros momentos de la novela. Nada más denunciar a Paco: *Entonces mosén Millán reveló el escondite de Paco. Quiso hacer después otras salvedades en su favor, pero no le escuchaban. Salieron en tropel, y el cura se quedó solo. Espantado de sí mismo, y al mismo tiempo con un sentimiento de liberación, se puso a rezar.* Cuando Don Valeriano dirige los asesinatos: *En la iglesia, mosén Millán anunció que estaría El Santísimo expuesto día y noche, y después protestó ante don Valeriano -al que los señoritos habían hecho alcalde- de que hubieran matado a los seis campesinos sin darles tiempo para confesar. El cura se pasaba el día y parte de la noche rezando.* En el momento de la ejecución de Paco: *Quiso entrar, no podía. Todo lo manchaba de sangre. Mosén Millán callaba, con los ojos cerrados y rezando. El centurión puso su revólver detrás de la oreja de Paco.* Este rezo maquinal, insincero, automático del cura, es una constante ya en su presentación: un personaje cuya apariencia oculta un profundo vacío, la representación que el autor ha querido presentar en la novela de la Iglesia española. Quien tiene los ojos cerrados no quiere ver, no quiere enterarse de cuanto ocurre a su alrededor. Y éste es el retrato de mosén Millán: un personaje pasivo, que entiende que nada tiene arreglo, que ante las preguntas de Paco repite una y otra vez el mismo argumento: *No se puede hacer nada, así ha sido siempre*.

Los ojos cerrados se mencionan en la secuencia uno, en la cinco, en la siete, en la nueve (hasta cuatro veces), en la once y en la diecinueve. Es significativa la secuencia nueve en la que llega Don Valeriano a la iglesia. La llegada del rico es el comienzo del fracaso de la misa de réquiem que mosén Millán ha anunciado para comprar el perdón. Por eso en cuatro ocasiones, en esta secuencia, menciona el novelista al personaje esperando inmóvil, con los ojos cerrados.

La caracterización de los ojos cerrados concuerda con la personalidad del sacerdote. Mosén Millán es un personaje diferente a todos los demás porque es el único interiorizado de la novela. El autor nos presenta la historia a través de mosén Millán y de sus recuerdos, por eso conocemos solamente el interior del personaje del cura mientras que de los otros, incluido Paco, sólo tenemos la acción exterior para definirlos.

Mosén Millán se nos presenta a lo largo de la novela con unas atribuciones muy claras: es un personaje pasivo, inmóvil tanto físicamente como mentalmente, un personaje de espacios cerrados, para el cual el dinero es uno de los motores fundamentales de la vida, y cobarde tanto ante el riesgo físico, como ante la asunción de responsabilidades. La pasividad de mosén Millán ya la hemos mencionado anteriormente, pues, en su opinión, nada puede hacerse para cambiar las cosas. Su justificación es clara: hay sitios donde la vida es mucho peor que en el pueblo y donde hay más miseria. Su pasividad le lleva a la inmovilidad moral: no se cuestiona nada de lo aceptado, ni de si es justo o injusto, le basta con que haya sido siempre así para aceptarlo. De la inmovilidad física ya se ha hablado en el tema de los ojos cerrados. Tan habitual es en él la postura de estar sentado que el novelista nos llama la atención sobre ello: *Rezaba entre dientes con la cabeza apoyada en aquel lugar del muro donde a través del tiempo se había formado una mancha oscura*. Personaje de espacios cerrados es sin duda, y la iglesia su guarida: en la iglesia se refugia cuando asesinan a los campesinos, en la iglesia se reúne con Don Valeriano y Don Gumersindo para preparar el golpe, en la iglesia se queda y sólo sale para atender a los pobres y a los necesitados si no tiene más remedio y aún entonces vuelve lo antes posible, en la iglesia se queda sin atreverse a hablar con los familiares de Paco tras la muerte de éste... Por dinero se enfada con Paco, cuando pierde el pago de misa que se hacía tras la romería a la ermita, por dinero es fiel a Don Valeriano que ha hecho reparar una reja de la Iglesia. Cuando el padre de Paco sale como penitente en Semana Santa, no comprende el gesto y el sacrificio de Paco y le acusa de haberlo hecho para no tener que pagar un sustituto: todo es cuestión de dinero. De la cobardía de mosén Millán hay abundantes muestras que van más allá del enfrentamiento directo con el centurión cuando revela el escondite de Paco. No hace nada para ayudar a Paco y ante las desesperadas súplicas de éste solo repite su sempiterna razón: no se puede hacer nada, nada hay que hacer. Es incapaz de enfrentarse con la familia de Paco tras la muerte, lo mismo que es incapaz de enfrentarse con Don Valeriano o Don Gumersindo. El reloj y el pañuelo que aún conserva en su poder, tras un año de la muerte de su dueño, son buena muestra de la incapacidad del cura para hacer frente a sus responsabilidades. Su cobardía, su inutilidad queda puesta de relieve por unas palabras del centurión, poco antes de delatar el cura a Paco, que llevan una carga de violenta denuncia irónica por parte del novelista: *-Las últimas ejecuciones -decía el centurión- se han hecho sin privar a los reos de nada. Han tenido hasta la extremaunción. ¿De qué se queja usted?.* Para eso habían servido las quejas de mosén Millán ante el alcalde: las asesinatos ahora eran con auxilio sacramental.

Otra repetición menor, pero significativa de la constante utilización de símbolos por parte del autor es la intención que tiene cada uno de los ricos del pueblo de pagar la misa. Según van llegando, van haciendo esa declaración y el último de ellos, el Señor Cástulo, nos da la información del precio de la misa: diez pesetas. Esa cantidad por tres nos da treinta pesetas, treinta monedas, la misma cantidad que Anás y Caifás entregaron a Judas por la traición a Cristo. Mosén Millán ocupa el papel de Judas, y Don Valeriano, Don Gumersindo y el Señor Cástulo, el de los fariseos.

La línea narrativa que se sitúa en el pasado, en los recuerdos de mosén Millán es sustancialmente diferente. Y lo es porque se trata de la vida de Paco, vista con los ojos de mosén Millán.

Paco es la contrafigura del cura. Si mosén Millán es pasivo, Paco es activo: emprende tareas, acomete empresas, está dispuesto a empezar cosas, a probar, a buscar nuevos horizontes. Si el cura es inmóvil, Paco es un personaje en constante movimiento, que cambia continuamente de escenario. Si el cura es un personaje de espacios cerrados, recluido en la oscuridad de la iglesia y de la sacristía, Paco es un ser de luz y de espacio abierto. No es casualidad que el refugio del cura sea la iglesia y que el refugio de Paco, cuando le persiguen sea la naturaleza: la montaña de Las Pardinas. Sí el cura afirma que nada se puede hacer para cambiar las cosas, Paco está convencido de que todas las cosas se pueden cambiar y mejorar y a ello se dispone. Si mosén Millán está dispuesto a aceptar la injusticia, con tal de que ésta sea antigua y tradicional, Paco se rebela contra esa injusticia y no encuentra sentido a las excusas de la tradición. Si el cura es cobarde ante la amenaza física, Paco se atreve, desarma a los guardias civiles del pueblo y una vez refugiado en el monte, los señoritos de la ciudad son incapaces de domeñar su resistencia. Si el cura no sabe hacer frente a sus responsabilidades, Paco no duda en ello y se gana la enemistad de Don Valeriano por la entrevista que entre ambos personajes se celebra, cuando el ayuntamiento se niega a pagar las rentas por las tierras del Duque. Su generosidad natural le lleva a interceder por sus dos compañeros de ejecución, mientras que mosén Millán permanece mudo, sentado, inmóvil, legitimando el asesinato con su presencia y sin hacer nada para auxiliar a ninguno de los tres.

En la diferencia de los personajes, está la diferencia de las dos líneas narrativas. Las escenas del presente son lentas; las acciones, pocas, se describen con parsimonia, y apenas se cuenta nada más que la espera del cura y la llegada de los ricos. Tan solo en el episodio de la entrada del potro en la iglesia la narración adquiere algo de ritmo. En la escenas del pasado es todo lo contrario. La velocidad en la narración es alta dado que el autor quiere condensar la vida de Paco en unas pocos momentos significativos. La narración avanza con más lentitud en las escenas dos y cuatro que describen el bautizo de Paco, escenas que le sirven a Sender para darnos un panorama del pueblo y de sus habitantes. Pero después el narrador, a través de los recuerdos de mosén Millán, nos resume veintiséis años de vida en una serie de momentos claves. Vemos por ejemplo que la boda se celebra hacia 1930, pues la conversación de los invitados versa sobre el tema de la caída del rey. Desde entonces hasta la muerte de Paco pasan seis años, pero narrados sin indicaciones temporales, de tal manera que parece que entre la boda y el golpe de estado de julio del 36 apenas ha pasado el tiempo.

En esta segunda parte aparece igualmente el simbolismo. Así, por ejemplo, en el coche del señor Cástulo, en el que parten los novios al viaje de bodas y en el que Paco viaja hacia su ejecución.. Es el Sr Cástulo un hombre frío: *Con sus apariencias simples, el señor Cástulo era un carácter fuerte. Se veía en sus ojos fríos y escrutadores. Al dirigirse al cura antes de decir lo que se proponía hacía un preámbulo: «Con los respetos debidos...».* Pero se veía que esos respetos no eran muchos. Siempre se mueve por el interés: *Del zapatero se podía dudar, pero refrendado por el señor Cástulo, no. Y éste, que era hombre prudente, buscaba, al parecer, el arrimo de Paco el del molino. ¿Con qué fin? Había oído el cura hablar de elecciones. A las preguntas del cura, el señor Cástulo decía evasivo: «Un runrún que corre».* Y no duda en cambiar de bando y volverse contra Paco cuando le interesa: *Cuando la gente comenzaba a olvidarse de don Valeriano y don Gumersindo, éstos volvieron de pronto a la aldea. Parecían seguros de sí, y celebraban conferencias con el cura, a diario. El señor Cástulo se acercaba, curioso, pero no podía averiguar nada. No se fiaban de él.* El señor Cástulo es la representación de la burguesía española que al principio colabora con el gobierno republicano, pero que luego va a hacerse cómplice de Franco, de tantos y tantos políticos de la CEDA[5] que luego colaboraron con régimen franquista. El coche representa lo que para Sender, anarquista en los años treinta, significa la alianza del pueblo con la burguesía: una trampa que le llevará a la destrucción.

Además de los asesinatos lo único que aquellos hombres habían hecho en el pueblo era devolver las tierras al duque. Estas palabras, de la secuencia dieciocho, nos dan la clave de la guerra civil según Sender: ahí está la motivación. Ahí esta la verdad que se esconde tras las vacías palabras de *orden, destino inmortal, imperio* y *fe,* que son el núcleo del discurso de los señoritos en la secuencia veinte. Todo es una simple cuestión de defensa por parte de los poderosos de unas propiedades que utilizan para mantener al pueblo en la dominación, la humillación y

---

5   *CEDA*: Confederación Española de Derechas Autónomas, formada en 1933 durante una asamblea celebrada en Madrid. Su Comite ejecutivo era presidido por José María Gil-Robles Quiñones (1898-1980) y resultó el partido más votado en las elecciones de 1933 aunque luego se inclinó por la opción de un golpe militar para tomar el poder. Ramón Serrano Suñer, uno de los más importantes ministros de Franco y cuñado suyo, provenía de la CEDA

la pobreza. No hay nada más en el régimen de Franco. No es casualidad que mosén Millán recuerde en la secuencia siguiente, la diecinueve, las consecuencias de la devolución de las tierras al Duque: *Todo el mundo sabía que el padre de Paco estaba enfermo, y las mujeres de la casa, medio locas. Los animales y la poca hacienda que les quedaba, abandonados.* Se refiere a la familia de Paco, pero ésta situación es una representación simbólica del estado de esa España en la que reinan el *orden*, el *destino inmortal* y la *fe*.

Por más justificada que esté la indignación de un escritor, por legítima que sea su denuncia, por vergonzosos que sean los hechos denunciados, si el escritor no los convierte en arte, la denuncia no se mantiene en el tiempo. Y ése es el mayor mérito de Sender. Nadie más justificado que él, con su hermano ejecutado, con su esposa asesinada, simplemente por ser su esposa, para perder el tino y componer un panfleto. Sin embargo el *Réquiem por un campesino español* es una historia que emociona y conmueve, en la que los personajes son seres vivos, además de símbolos, donde la emoción es genuina y verdadera. Sender compone una obra de arte, sin excesos, sabiendo que la brevedad da fuerza a su mensaje y presentando una visión que quedará para mucho tiempo de lo que fue, para muchos, la guerra civil española y el régimen de Franco.

Borja Rodríguez Gutiérrez
Licenciado en Filosofía y Letras. Sección Filología Hispánica, Universidad de Oviedo
Doctor en Filología, U.N.E.D. - Premio Extraordinario de Doctorado
Catedrático de Lengua y Literatura Española. Instituto "Alberto Pico" Santander. Cantabria.

RÉQUIEM POR UN CAMPESINO ESPAÑOL

El cura esperaba sentado en un sillón con la cabeza inclinada sobre la casulla[1] de los oficios de réquiem. La sacristía olía a incienso. En un rincón había un fajo de ramitas de olivo de las que habían sobrado el Domingo de Ramos. Las hojas estaban muy secas, y parecían de metal. Al pasar cerca, mosén[2] Millán evitaba rozarlas porque se desprendían y caían al suelo.

Iba y venía el monaguillo con su roquete[3] blanco. La sacristía tenía dos ventanas que daban al pequeño huerto de la abadía. Llegaban del otro lado de los cristales rumores humildes.

Alguien barría furiosamente, y se oía la escoba seca contra las piedras, y una voz que llamaba:

—María... Marieta...

Cerca de la ventana entreabierta un saltamontes atrapado entre las ramitas de un arbusto trataba de escapar, y se agitaba desesperadamente. Más lejos, hacia la plaza, relinchaba un potro. "Ése debe ser

---

1   *Casulla*: Vestidura sagrada que se pone el sacerdote sobre las demás que sirven para celebrar la misa.
2   *Mosén*: Tratamiento que se daba a los sacerdotes en Aragón y Cataluña. Equivale a «padre».
3   *Roquete:* Vestidura de lienzo fino, que cae desde el hombro hasta la cintura, usada para la celebración de la misa.

—pensó mosén Millán— el potro de Paco el del Molino, que anda, como siempre, suelto por el pueblo". El cura seguía pensando que aquel potro, por las calles, era una alusión constante a Paco y al recuerdo de su desdicha.

Con los codos en los brazos del sillón y las manos cruzadas sobre la casulla negra bordada de oro, seguía rezando. Cincuenta y un años repitiendo aquellas oraciones habían creado un automatismo que le permitía poner el pensamiento en otra parte sin dejar de rezar. Y su imaginación vagaba por el pueblo. Esperaba que los parientes del difunto acudirían. Estaba seguro de que irían —no podían menos— tratándose de una misa de réquiem, aunque la decía sin que nadie se la hubiera encargado. También esperaba mosén Millán que fueran los amigos del difunto. Pero esto hacía dudar al cura. Casi toda la aldea había sido amiga de Paco, menos las dos familias más pudientes: don Valeriano y don Gumersindo. La tercera familia rica, la del señor Cástulo Pérez, no era ni amiga ni enemiga.

El monaguillo entraba, tomaba una campana que había en un rincón y, sujetando el badajo para que no sonara, iba a salir cuando mosén Millán le preguntó:

—¿Han venido los parientes?

—¿Qué parientes? —preguntó a su vez el monaguillo.

—No seas bobo. ¿No te acuerdas de Paco el del Molino?

—Ah, sí, señor. Pero no se ve a nadie en la iglesia, todavía.

El chico salió otra vez al presbiterio pensando en Paco el del Molino. ¿No había de recordarlo? Lo vio morir, y después de su muerte la gente sacó un romance. El monaguillo sabía algunos trozos:

> Ahí va Paco el del Molino,
> que ya ha sido sentenciado,
> y que llora por su vida
> camino del camposanto.

Eso de llorar no era verdad, porque el monaguillo vio a Paco, y no lloraba. "Lo vi, se decía, con los otros desde el coche del señor Cástulo, y yo llevaba la bolsa con la extremaunción para que mosén Millán les pusiera a los muertos el santolio[4] en el pie". El monaguillo iba y venía con el romance de Paco en los dientes. Sin darse cuenta acomodaba sus pasos al compás de la canción:

---

4 *Santolio:* Santo óleo. Aceite sacramental usado para las ceremonias religiosas. Lo mismo que «extremaunción».

... y al llegar frente a las tapias
el centurión echa el alto.

Eso del centurión le parecía al monaguillo más bien cosa de Semana Santa y de los pasos de la oración del huerto. Por las ventanas de la sacristía llegaba ahora un olor de hierbas quemadas, y mosén Millán, sin dejar de rezar, sentía en ese olor las añoranzas de su propia juventud. Era viejo, y estaba llegando –se decía– a esa edad en que la sal ha perdido su sabor, como dice la Biblia. Rezaba entre dientes con la cabeza apoyada en aquel lugar del muro donde a través del tiempo se había formado una mancha oscura.

Entraba y salía el monaguillo con la pértiga de encender los cirios, las vinajeras[5] y el misal.

—¿Hay gente en la iglesia? –preguntaba otra vez el cura.

—No, señor.

Mosén Millán se decía: es pronto. Además, los campesinos no han acabado las faenas de la trilla. Pero la familia del difunto no podía faltar. Seguían sonando las campanas que en los funerales eran lentas, espaciadas y graves. Mosén Millán alargaba las piernas. Las puntas de sus zapatos asomaban debajo del alba[6] y encima de la estera[7] de esparto. El alba estaba deshilándose por el remate. Los zapatos tenían el cuero rajado por el lugar donde se doblaban al andar, y el cura pensó: tendré que enviarlos a componer. El zapatero era nuevo en la aldea. El anterior no iba a misa, pero trabajaba para el cura con el mayor esmero, y le cobraba menos. Aquel zapatero y Paco el del Molino habían sido muy amigos.

Recordaba mosén Millán el día que bautizó a Paco en aquella misma iglesia. La mañana del bautizo se presentó fría y dorada, una de esas mañanitas en que la grava del río que habían puesto en la plaza durante el Corpus, crujía de frío bajo los pies. Iba el niño en brazos de la madrina, envuelto en ricas mantillas, y cubierto por un manto de raso blanco, bordado en sedas blancas, también. Los lujos de los campesinos son para los actos sacramentales. Cuando el bautizo entraba en la iglesia, las campanitas menores tocaban alegremente. Se podía saber si el que iban a bautizar era niño o niña. Si era niño, las campanas –una en un tono más alto que la otra– decían: *no és nena, que és nen; no és nena, que és nen.* Si era niña cambiaban un poco, y decían: *no és nen, que*

---

5   *Vinajeras*: Jarros pequeños con que se sirven en la misa el vino y el agua.
6   *Alba*: Vestidura del sacerdote, usada para la celebración de la misa.
7   *Estera*: Alfombra.

és nena; no és nen, que és nena. La aldea estaba cerca de la raya de Lérida[8], y los campesinos usaban a veces palabras catalanas.

Al llegar el bautizo se oyó en la plaza vocerío de niños, como siempre. El padrino llevaba una bolsa de papel de la que sacaba puñados de peladillas[9] y caramelos. Sabía que, de no hacerlo, los chicos recibirían al bautizo gritando a coro frases desairadas para el recién nacido, aludiendo a sus pañales y a si estaban secos o mojados.

Se oían rebotar las peladillas contra las puertas y las ventanas y a veces contra las cabezas de los mismos chicos, quienes no perdían el tiempo en lamentaciones. En la torre las campanitas menores seguían tocando: *no és nena, que és nen*, y los campesinos entraban en la iglesia, donde esperaba mosén Millán ya revestido.

Recordaba el cura aquel acto entre centenares de otros porque había sido el bautizo de Paco el del Molino. Había varias personas enlutadas y graves. Las mujeres con mantilla o mantón negro. Los hombres con camisa almidonada. En la capilla bautismal la pila sugería misterios antiguos.

Mosén Millán había sido invitado a comer con la familia. No hubo grandes extremos porque las fiestas del invierno solían ser menos algareras[10] que las del verano. Recordaba mosén Millán que sobre una mesa había un paquete de velas rizadas y adornadas, y que en un extremo de la habitación estaba la cuna del niño. A su lado, la madre, de breve cabeza y pecho opulento, con esa serenidad majestuosa de las recién paridas. El padre atendía a los amigos. Uno de ellos se acercaba a la cuna, y preguntaba:

—¿Es tu hijo?

—Hombre, no lo sé –dijo el padre acusando con una tranquila sorna lo obvio de la pregunta–. Al menos, de mi mujer sí que lo es.

Luego soltó la carcajada. Mosén Millán, que estaba leyendo su grimorio[11], alzó la cabeza:

—Vamos, no seas bruto. ¿Qué sacas con esas bromas?

Las mujeres reían también, especialmente la Jerónima –partera y saludadora[12]–, que en aquel momento llevaba a la madre un caldo de gallina y un vaso de vino moscatel. Después descubría al niño, y se ponía a cambiar el vendaje del ombliguito.

---

8   *Raya de Lérida*: Frontera con la provincia de Lérida, en Cataluña.
9   *Peladilla*: Almendra recubierta de azúcar.
10 *Algareras*: Ruidosas.
11 *Grimorio*: Libro de fórmulas mágicas usado por los antiguos hechiceros. Sender lo utiliza en sentido irónico.
12 *Saludadora*: Persona que aseguraba curar las enfermedades con dichos, hechizos y fórmulas misteriosas.

—Vaya, zagal[13]. Seguro que no te echarán del baile –decía aludiendo al volumen de sus atributos masculinos.

La madrina repetía que durante el bautismo el niño había sacado la lengua para recoger la sal, y de eso deducía que tendría gracia y atractivo con las mujeres. El padre del niño iba y venía, y se detenía a veces para mirar al recién nacido: "¡Qué cosa es la vida! Hasta que nació ese crío, yo era sólo el hijo de mi padre. Ahora soy, además, el padre de mi hijo".

—El mundo es redondo, y rueda –dijo en voz alta.

Estaba seguro mosén Millán de que servirían en la comida perdiz en adobo. En aquella casa solían tenerla. Cuando sintió su olor en el aire, se levantó, se acercó a la cuna, y sacó de su breviario un pequeñísimo escapulario que dejó debajo de la almohada del niño. Miraba el cura al niño sin dejar de rezar: *ad perpetuam rei memoriam...* El niño parecía darse cuenta de que era el centro de aquella celebración, y sonreía dormido. Mosén Millán se apartaba pensando: "¿De qué puede sonreír?". Lo dijo en voz alta, y la Jerónima comentó:

—Es que sueña. Sueña con ríos de lechecita caliente.

El diminutivo de leche resultaba un poco extraño, pero todo lo que decía la Jerónima era siempre así. Cuando llegaron los que faltaban, comenzó la comida. Una de las cabeceras la ocupó el feliz padre. La abuela dijo al indicar al cura el lado contrario:

—Aquí el otro padre, mosén Millán.

El cura dio la razón a la abuela: el chico había nacido dos veces, una al mundo y otra a la iglesia. De este segundo nacimiento el padre era el cura párroco. Mosén Millán se servía poco, reservándose para las perdices.

Veintiséis años después se acordaba de aquellas perdices, y en ayunas, antes de la misa, percibía los olores de ajo, vinagrillo y aceite de oliva. Revestido y oyendo las campanas, dejaba que por un momento el recuerdo se extinguiera. Miraba al monaguillo. Éste no sabía todo el romance de Paco, y se quedaba en la puerta con un dedo doblado entre los dientes tratando de recordar:

> ... ya los llevan, ya los llevan
> atados brazo con brazo.

---

13 *Zagal*: Chiquillo, muchacho.

El monaguillo tenía presente la escena, que fue sangrienta y llena de estampidos.

Volvía a recordar el cura la fiesta del bautizo mientras el monaguillo por decir algo repetía:

—No sé qué pasa que hoy no viene nadie a la iglesia, mosén Millán.

El sacerdote había puesto la crisma en la nuca de Paco, en su tierna nuca que formaba dos arruguitas contra la espalda. "Ahora –pensaba– está ya aquella nuca bajo la tierra, polvo en el polvo". Todos habían mirado al niño aquella mañana, sobre todo el padre, felices, pero con cierta turbiedad en la expresión. Nada más misterioso que un recién nacido.

Mosén Millán recordaba que aquella familia no había sido nunca muy devota, pero cumplía con la parroquia y conservaba la costumbre de hacer a la iglesia dos regalos cada año, uno de lana y otro de trigo, en agosto. "Lo hacían más por tradición que por devoción –pensaba mosén Millán–, pero lo hacían".

En cuanto a la Jerónima, ella sabía que el cura no la veía con buenos ojos. A veces la Jerónima, con su oficio y sus habladurías –o dijendas, como ella decía– agitaba un poco las aguas mansas de la aldea. Solía rezar la Jerónima extrañas oraciones para ahuyentar el pedrisco y evitar las inundaciones, y en aquella que terminaba diciendo: Santo Justo, Santo Fuerte, Santo Inmortal – líbranos, Señor, de todo mal, añadía una frase latina que sonaba como una obscenidad, y cuyo verdadero sentido no pudo nunca descifrar el cura. Ella lo hacía inocentemente, y cuando el cura le preguntaba de dónde había sacado aquel latinajo, decía que lo había heredado de su abuela.

Estaba seguro mosén Millán de que si iba a la cuna del niño, y levantaba la almohada, encontraría algún amuleto. Solía la Jerónima poner cuando se trataba de niños una tijerita abierta en cruz para protegerlos de herida de hierro –de saña de hierro, decía ella– y si se trataba de niñas, una rosa que ella misma había desecado a la luz de la luna para darles hermosura y evitarles las menstruaciones difíciles.

Hubo un incidente que produjo cierta alegría secreta a mosén Millán. El médico de la aldea, un hombre joven, llegó, dio los buenos días, se quitó las gafas para limpiarlas –se le habían empañado al entrar–, y se acercó a la cuna. Después de reconocer al crío dijo gravemente a la Jerónima que no volviera a tocar el ombligo del recién nacido y ni siquiera a cambiarle la faja. Lo dijo secamente, y lo que era peor, delante de todos. Lo oyeron hasta los que estaban en la cocina.

Como era de suponer, al marcharse el médico, la Jerónima comenzó a desahogarse. Dijo que con los médicos viejos nunca había tenido palabras, y que aquel jovencito creía que sólo su ciencia valía, pero dime de lo que presumes, y te diré lo que te falta. Aquel médico tenía más hechuras y maneras que conciencia. Trató de malquistar al médico con los maridos. ¿No habían visto cómo se entraba por las casas de rondón, y sin llamar, y se iba derecho a la alcoba, aunque la hembra de la familia estuviera allí vistiéndose? Más de una había sido sorprendida en cubrecorsé o en enaguas. ¿Y qué hacían las pobres? Pues nada. Gritar y correr a otro cuarto. ¿Eran maneras aquéllas de entrar en una casa un hombre soltero y sin arrimo?[14] Ése era el médico. Seguía hablando la Jerónima, pero los hombres no la escuchaban. Mosén Millán intervino por fin:

—Cállate, Jerónima –dijo–. Un médico es un médico.

—La culpa –dijo alguien– no es de la Jerónima, sino del jarro.

Los campesinos hablaban de cosas referentes al trabajo. El trigo apuntaba bien, los planteros –semilleros– de hortalizas iban germinando, y en la primavera sería un gozo sembrar los melonares y la lechuga. Mosén Millán, cuando vio que la conversación languidecía, se puso a hablar contra las supersticiones. La Jerónima escuchaba en silencio.

Hablaba el cura de las cosas más graves con giros campesinos. Decía que la Iglesia se alegraba tanto de aquel nacimiento como los mismos padres, y que había que alejar del niño las supersticiones, que son cosa del demonio, y que podrían dañarle el día de mañana. Añadió que el chico sería tal vez un nuevo Saulo para la Cristiandad.

—Lo que quiero yo es que aprenda a ajustarse los calzones, y que haga un buen mayoral de labranza –dijo el padre.

Rió la Jerónima para molestar al cura. Luego dijo:

—El chico será lo que tenga que ser. Cualquier cosa, menos cura.

Mosén Millán la miró extrañado:

—Qué bruta eres, Jerónima.

---

14   *Sin arrimo*: En el contexto, sin mujer.

En aquel momento llegó alguien buscando a la ensalmadora[15]. Cuando ésta hubo salido, mosén Millán se dirigió a la cuna del niño, levantó la almohada, y halló debajo un clavo y una pequeña llave formando cruz. Los sacó, los entregó al padre, y dijo: "¿Usted ve?". Después rezó una oración. Repitió que el pequeño Paco, aunque fuera un día mayoral de labranza, era hijo espiritual suyo, y debía cuidar de su alma. Ya sabía que la Jerónima, con sus supersticiones, no podía hacer daño mayor, pero tampoco hacía ningún bien. Mucho más tarde, cuando Paquito fue Paco, y salió de quintas, y cuando murió, y cuando mosén Millán trataba de decir la misa de aniversario, vivía todavía la Jerónima, aunque era tan vieja, que decía tonterías, y no le hacían caso. El monaguillo de mosén Millán estaba en la puerta de la sacristía, y sacaba la nariz de vez en cuando para fisgar por la iglesia, y decir al cura:

—Todavía no ha venido nadie.

Alzaba las cejas el sacerdote pensando: "No lo comprendo". Toda la aldea quería a Paco. Menos don Gumersindo, don Valeriano y tal vez el señor Cástulo Pérez. Pero de los sentimientos de este último nadie podía estar seguro. El monaguillo también se hablaba a sí mismo diciéndose el romance de Paco:

> Las luces iban po'l monte
> y las sombras por el saso [16]...

Mosén Millán cerró los ojos, y esperó. Recordaba algunos detalles nuevos de la infancia de Paco. Quería al muchacho, y el niño le quería a él, también. Los chicos y los animales quieren a quien los quiere.

A los seis años hacía *fuineta*, es decir, se escapaba ya de casa, y se unía con otros zagales. Entraba y salía por las cocinas de los vecinos. Los campesinos siguen el viejo proverbio: al hijo de tu vecino límpiale las narices y métele en tu casa. Tendría Paco algo más de seis años cuando fue por primera vez a la escuela. La casa del cura estaba cerca, y el chico iba de tarde en tarde a verlo. El hecho de que fuera por voluntad propia conmovía al cura. Le daba al muchacho estampas de colores. Si al salir de casa del cura el chico encontraba al zapatero, éste le decía:

—Ya veo que eres muy amigo de mosén Millán.

15   *Ensalmadora*: Mujer que curaba las enfermedades con salmos u oraciones.
16   *Saso*: Llanura seca y pedregosa.

—¿Y usted no? –preguntaba el chico.

—¡Oh! –decía el zapatero, evasivo–. Los curas son la gente que se toma más trabajo en el mundo para no trabajar. Pero mosén Millán es un santo.

Esto último lo decía con una veneración exagerada para que nadie pudiera pensar que hablaba en serio. El pequeño Paco iba haciendo sus descubrimientos en la vida. Encontró un día al cura en la abadía cambiándose de sotana, y al ver que debajo llevaba pantalones, se quedó extrañado y sin saber qué pensar. Cuando veía mosén Millán al padre de Paco le preguntaba por el niño empleando una expresión halagadora:

—¿Dónde está el heredero?

Tenía el padre de Paco un perro flaco y malcarado [17]. Los labradores tratan a sus perros con indiferencia y crueldad, y es, sin duda, la razón por la que esos animales los adoran. A veces el perro acompañaba al chico a la escuela. Andaba a su lado sin zalemas [18] y sin alegría, protegiéndolo con su sola presencia.

Paco andaba por entonces muy atareado tratando de convencer al perro de que el gato de la casa tenía también derecho a la vida. El perro no lo entendía así, y el pobre gato tuvo que escapar al campo. Cuando Paco quiso recuperarlo, su padre le dijo que era inútil porque las alimañas salvajes lo habrían matado ya.

Los búhos no suelen tolerar que haya en el campo otros animales que puedan ver en la oscuridad, como ellos. Perseguían a los gatos, los mataban y se los comían. Desde que supo eso, la noche era para Paco misteriosa y temible, y cuando se acostaba aguzaba el oído queriendo oír los ruidos de fuera.

Si la noche era de los búhos, el día pertenecía a los chicos, y Paco, a los siete años, era bastante revoltoso. Sus preocupaciones y temores durante la noche no le impedían reñir al salir de la escuela.

Era ya por entonces una especie de monaguillo auxiliar o suplente. Entre los tesoros de los chicos de la aldea había un viejo revólver con el que especulaban de tal modo, que nunca estaba más de una semana en las mismas manos. Cuando por alguna razón –por haberlo ganado en juegos o cambalaches– lo tenía Paco, no se separaba de él, y mientras ayudaba a misa lo llevaba en el cinto bajo el roquete. Una vez, al

---

17   *Malcarado*: Feo.
18   *Sin zalemas*: Sin jugar, ni saltar, ni hacer demostraciones de cariño.

cambiar el misal y hacer la genuflexión, resbaló el arma, y cayó en la
tarima con un ruido enorme. Un momento quedó allí, y los dos monaguillos se abalanzaron sobre ella. Paco empujó al otro, y tomó su revólver. Se remangó la sotana, se lo guardó en la cintura, y respondió al
sacerdote:

—*Et cum spiritu tuo*[19].

Terminó la misa, y mosén Millán llamó a capítulo [20] a Paco, le riñó
y le pidió el revólver. Entonces ya Paco lo había escondido detrás del
altar. Mosén Millán registró al chico, y no le encontró nada. Paco se li-
mitaba a negar, y no le habrían sacado de sus negativas todos los ver-
dugos de la antigua Inquisición. Al final, mosén Millán se dio por
vencido, pero le preguntó:

—¿Para qué quieres ese revólver, Paco? ¿A quién quieres matar?

—A nadie.

Añadió que lo llevaba para evitar que lo usaran otros chicos peores
que él. Este subterfugio asombró al cura.

Mosén Millán se interesaba por Paco pensando que sus padres eran
poco religiosos. Creía el sacerdote que atrayendo al hijo, atraería tal
vez al resto de la familia. Tenía Paco siete años cuando llegó el obispo,
y confirmó a los chicos de la aldea. La figura del prelado, que era un
anciano de cabello blanco y alta estatura, impresionó a Paco. Con su
mitra, su capa pluvial y el báculo dorado, daba al niño la idea apro-
ximada de lo que debía de ser Dios en los cielos. Después de la confir-
mación habló el obispo con Paco en la sacristía. El obispo le llamaba
galopín[21]. Nunca había oído Paco aquella palabra. El diálogo fue así:

—¿Quién es este galopín?

—Paco, para servir a Dios y a su ilustrísima.

El chico había sido aleccionado. El obispo, muy afable, seguía pre-
guntándole:

—¿Qué quieres ser tú en la vida? ¿Cura?

—No, señor.

—¿General?

—No, señor, tampoco. Quiero ser labrador, como mi padre.

El obispo reía. Viendo Paco que tenía éxito, siguió hablando:

—Y tener tres pares de mulas, y salir con ellas por la calle mayor
diciendo: ¡Tordillaaa, Capitanaaa, oxiqué me ca...[22]!

---

19   *Et cum spiritu tuo*: (lat.) « y con tu espíritu ». Locución latina con la cual los fieles ad-
     hieren a las plegarias del oficiante.
20   *Llamar a capítulo*: Reñir, reprender.
21   *Galopín*: Pícaro, sinvergüenza, bribón.
22   *Me ca...*: Es el inicio de un juramento. Por eso mosén Millán se asusta.

Mosén Millán se asustó, y le hizo con la mano un gesto indicando que debía callarse. El obispo reía. Aprovechando la emoción de aquella visita del obispo, mosén Millán comenzó a preparar a Paco y a otros mozalbetes para la primera comunión, y al mismo tiempo decidió que era mejor hacerse cómplice de las pequeñas picardías de los muchachos que censor. Sabía que Paco tenía el revólver, y no había vuelto a hablarle de él.

Se sentía Paco seguro en la vida. El zapatero lo miraba a veces con cierta ironía –¿por qué?– y el médico, cuando iba a su casa, le decía:

—Hola, Cabarrús [23].

Casi todos los vecinos y amigos de la familia le guardaban a Paco algún secreto: la noticia del revólver, un cristal roto en una ventana, el hurto de algunos puñados de cerezas en un huerto. El más importante encubrimiento era el de mosén Millán.

Un día habló el cura con Paco de cosas difíciles porque mosén Millán le enseñaba a hacer examen de conciencia desde el primer mandamiento hasta el décimo. Al llegar al sexto, el sacerdote vaciló un momento, y dijo, por fin:

—Pásalo por alto, porque tú no tienes pecados de esa clase todavía.

Paco estuvo cavilando, y supuso que debía referirse a la relación entre hombres y mujeres.

Iba Paco a menudo a la iglesia, aunque sólo ayudaba a misa cuando hacían falta dos monaguillos. En la época de Semana Santa descubrió grandes cosas. Durante aquellos días todo cambiaba en el templo.

Las imágenes las tapaban con paños color violeta, el altar mayor quedaba oculto también detrás de un enorme lienzo malva, y una de las naves iba siendo transformada en un extraño lugar lleno de misterio. Era el monumento. La parte anterior tenía acceso por una ancha escalinata cubierta de alfombra negra.

Al pie de esas escaleras, sobre un almohadón blanco de raso estaba acostado un crucifijo de metal cubierto con lienzo violeta, que formaba una figura romboidal sobre los extremos de la cruz. Por debajo del rombo asomaba la base, labrada. Los fieles se acercaban, se arrodillaban, y la besaban. Al lado una gran bandeja con dos o tres monedas de plata y muchas más de cobre. En las sombras de la iglesia aquel lugar silencioso e iluminado, con las escaleras llenas de candelabros y cirios

---

23   *Cabarrús*: Francisco de Cabarrús (1752-1810) Nacido en Bayona (Francia), naturalizado español y fallecido en Sevilla. Modernizador de la hacienda española de la época: creó billetes reales que restablecieron el crédito durante la guerra de la independencia americana, fundó el banco de San Carlos y fue ministro de Hacienda en el reinado de José Bonaparte.

encendidos, daba a Paco una impresión de misterio.

Debajo del monumento, en un lugar invisible, dos hombres tocaban en flautas de caña una melodía muy triste. La melodía era corta y se repetía hasta el infinito durante todo el día. Paco tenía sensaciones contradictorias muy fuertes.

Durante el Jueves y el Viernes Santo no sonaban las campanas de la torre. En su lugar se oían las matracas. En la bóveda del campanario había dos enormes cilindros de madera cubiertos de hileras de mazos. Al girar el cilindro, los mazos golpeaban sobre la madera hueca. Toda aquella maquinaria estaba encima de las campanas, y tenía un eje empotrado en dos muros opuestos del campanario, y engrasado con pez. Esas gigantescas matracas producían un rumor de huesos agitados. Los monaguillos tenían dos matraquitas de mano, y las hacían sonar al alzar[24] en la misa. Paco miraba y oía todo aquello asombrado.

Le intrigaban sobre todo las estatuas que se veían a los dos lados del monumento. Éste parecía el interior de una inmensa cámara fotográfica con el fuelle extendido. La turbación de Paco procedía del hecho de haber visto aquellas imágenes polvorientas y desnarigadas en un desván del templo donde amontonaban los trastos viejos. Había también allí piernas de cristos desprendidas de los cuerpos, estatuas de mártires desnudos y sufrientes. Cabezas de *ecce homos*[25] lacrimosos, paños de verónicas[26] colgados del muro, trípodes hechos con listones de madera que tenían un busto de mujer en lo alto, y que, cubiertos por un manto en forma cónica, se convertían en Nuestra Señora de los Desamparados.

El otro monaguillo –cuando estaban los dos en el desván– exageraba su familiaridad con aquellas figuras. Se ponía a caballo de uno de los apóstoles, en cuya cabeza golpeaba con los nudillos para ver –decía– si había ratones; le ponía a otro un papelito arrollado en la boca como si estuviera fumando, iba al lado de san Sebastián[27], y le arrancaba los dardos del pecho para volvérselos a poner, cruelmente. Y en un rincón se veía el túmulo funeral que se usaba en las misas de difuntos. Cubierto de paños negros goteados de cera mostraba en los

---

24 *Al alzar*: Cuando el sacerdote eleva la hostia y el cáliz, tras la consagración.
25 *Ecce homo*: (lat) «He aquí el hombre» Con este nombre se designan las imágenes de Jesucristo cuando es presentado por Poncio Pilatos al pueblo judío tras ser azotado.
26 *Paños de verónicas*: Verónica era el nombre de la mujer que secó el sudor a Jesucristo mientras éste cargaba con la cruz. Según la leyenda la imagen de la cara de Cristo se quedó grabada en el lienzo de Verónica.
27 *San Sebastián*: uno de los más famosos mártires cristianos. Militar romano fue primero asaeteado, por orden del emperador Maximino el Tracio (que gobernó entre 235 y 238 d.C.), y al sobrevivir fue azotado hasta morir.

cuatro lados una calavera y dos tibias cruzadas. Era un lugar dentro del cual se escondía el otro acólito, a veces, y cantaba cosas irreverentes.

El Sábado de Gloria, por la mañana, los chicos iban a la iglesia llevando pequeños mazos de madera que tenían guardados todo el año para aquel fin. Iban —quién iba a suponerlo— a matar judíos. Para evitar que rompieran los bancos, mosén Millán hacía poner el día anterior tres largos maderos derribados cerca del atrio. Se suponía que los judíos estaban dentro, lo que no era para las imaginaciones infantiles demasiado suponer. Los chicos se sentaban detrás y esperaban. Al decir el cura en los oficios la palabra *resurrexit* [28], comenzaban a golpear produciendo un fragor escandaloso, que duraba hasta el canto del aleluya y el primer volteo de campanas.

Salía Paco de la Semana Santa como convaleciente de una enfermedad. Los oficios habían sido sensacionales, y tenían nombres extraños: las tinieblas, el sermón de las siete palabras, y del beso de Judas, el de los velos rasgados. El Sábado de Gloria solía ser como la reconquista de la luz y la alegría. Mientras volteaban las campanas en la torre —después del silencio de tres días— la Jerónima cogía piedrecitas en la glera [29] del río porque decía que poniéndoselas en la boca aliviarían el dolor de muelas.

Paco iba entonces a la casa del cura en grupo con otros chicos, que se preparaban también para la primera comunión. El cura los instruía y les aconsejaba que en aquellos días no hicieran diabluras. No debían pelear ni ir al lavadero público, donde las mujeres hablaban demasiado libremente.

Los chicos sentían desde entonces una curiosidad más viva, y si pasaban cerca del lavadero aguzaban el oído. Hablando los chicos entre sí de la comunión, inventaban peligros extraños y decían que al comulgar era necesario abrir mucho la boca, porque si la hostia tocaba en los dientes, el comulgante caía muerto, y se iba derecho al infierno.

Un día, mosén Millán pidió al monaguillo que le acompañara a llevar la extremaunción a un enfermo grave. Fueron a las afueras del pueblo, donde ya no había casas, y la gente vivía en unas cuevas abiertas en la roca. Se entraba en ellas por un agujero rectangular que tenía alrededor una cenefa encalada.

Paco llevaba colgada del hombro una bolsa de terciopelo donde el

---

28   *Resurrexit*: (lat) Resucitó.
29   *Glera*: Pedregal.

cura había puesto los objetos litúrgicos. Entraron bajando la cabeza y
pisando con cuidado. Había dentro dos cuartos con el suelo de losas
de piedra mal ajustadas. Estaba ya oscureciendo, y en el cuarto primero
no había luz. En el segundo se veía sólo una lamparilla de aceite. Una
anciana, vestida de harapos, los recibió con un cabo de vela encendido.
El techo de roca era muy bajo, y aunque se podía estar de pie, el sacerdote bajaba la cabeza por precaución. No había otra ventilación que
la de la puerta exterior. La anciana tenía los ojos secos y una expresión
de fatiga y de espanto frío.

En un rincón había un camastro de tablas, y en él estaba el enfermo. El cura no dijo nada, la mujer tampoco. Sólo se oía un ronquido
regular, bronco y persistente, que salía del pecho del enfermo. Paco
abrió la bolsa, y el sacerdote, después de ponerse la estola, fue sacando
trocitos de estopa y una pequeña vasija con aceite, y comenzó a rezar
en latín. La anciana escuchaba con la vista en el suelo y el cabo de vela
en la mano. La silueta del enfermo –que tenía el pecho muy levantado
y la cabeza muy baja– se proyectaba en el muro, y el más pequeño movimiento del cirio hacía moverse la sombra.

Descubrió el sacerdote los pies del enfermo. Eran grandes, secos,
resquebrajados. Pies de labrador. Después fue a la cabecera. Se veía que
el agonizante ponía toda la energía que le quedaba en aquella horrible
tarea de respirar. Los estertores eran más broncos y más frecuentes.
Paco veía dos o tres moscas que revoloteaban sobre la cara del enfermo,
y que a la luz tenían reflejos de metal. Mosén Millán hizo las unciones
en los ojos, en la nariz, en los pies. El enfermo no se daba cuenta.
Cuando terminó el sacerdote, dijo a la mujer:

—Dios lo acoja en su seno.

La anciana callaba. Le temblaba a veces la barba, y en aquel
temblor se percibía el hueso de la mandíbula debajo de la piel. Paco
seguía mirando alrededor. No había luz, ni agua, ni fuego.

Mosén Millán tenía prisa por salir, pero lo disimulaba porque
aquella prisa le parecía poco cristiana. Cuando salieron, la mujer los
acompañó hasta la puerta con el cirio encendido. No se veían por allí
más muebles que una silla desnivelada apoyada contra el muro. En el
cuarto exterior, en un rincón y en el suelo había tres piedras ahumadas
y un poco de ceniza fría. En una estaca clavada en el muro, una cha-

queta vieja. El sacerdote parecía ir a decir algo, pero se calló. Salieron.

Era ya de noche, y en lo alto se veían las estrellas. Paco preguntó:

—¿Esa gente es pobre, mosén Millán?

—Sí, hijo.

—¿Muy pobre?

—Mucho.

—¿La más pobre del pueblo?

—Quién sabe, pero hay cosas peores que la pobreza. Son desgraciados por otras razones.

El monaguillo veía que el sacerdote contestaba con desgana.

—¿Por qué? –preguntó.

—Tienen un hijo que podría ayudarles, pero he oído decir que está en la cárcel.

—¿Ha matado a alguno?

—Yo no sé, pero no me extrañaría.

Paco no podía estar callado. Caminaba a oscuras por terreno desigual. Recordando al enfermo el monaguillo dijo:

—Se está muriendo porque no puede respirar. Y ahora nos vamos, y se queda allí solo.

Caminaban. Mosén Millán parecía muy fatigado. Paco añadió

—Bueno, con su mujer. Menos mal.

Hasta las primeras casas había un buen trecho. Mosén Millán dijo al chico que su compasión era virtuosa y que tenía buen corazón. El chico preguntó aún si no iba nadie a verlos porque eran pobres o porque tenían un hijo en la cárcel y mosén Millán queriendo cortar el diálogo aseguró que de un momento a otro el agonizante moriría y subiría al cielo donde sería feliz. El chico miró las estrellas.

—Su hijo no debe ser muy malo, padre Millán.

—¿Por qué?

—Si fuera malo, sus padres tendrían dinero. Robaría.

El cura no quiso responder. Y seguían andando. Paco se sentía feliz yendo con el cura.

Ser su amigo le daba autoridad aunque no podría decir en qué forma. Siguieron andando sin volver a hablar, pero al llegar a la iglesia Paco repitió una vez más:

—¿Por qué no va a verlo nadie, mosén Millán?

—¿Qué importa eso, Paco? El que se muere, rico o pobre, siempre está solo aunque vayan los demás a verlo. La vida es así y Dios que la ha hecho sabe por qué.

Paco recordaba que el enfermo no decía nada. La mujer tampoco. Además el enfermo tenía los pies de madera como los de los crucifijos rotos y abandonados en el desván.

El sacerdote guardaba la bolsa de los óleos. Paco dijo que iba a avisar a los vecinos para que fueran a ver al enfermo y ayudar a su mujer. Iría de parte de mosén Millán y así nadie se negaría. El cura le advirtió que lo mejor que podía hacer era ir a su casa. "Cuando Dios permite la pobreza y el dolor –dijo– es por algo".

—¿Qué puedes hacer tú? –añadió–. Esas cuevas que has visto son miserables pero las hay peores en otros pueblos.

Medio convencido, Paco se fue a su casa, pero durante la cena habló dos o tres veces más del agonizante y dijo que en su choza no tenían ni siquiera un poco de leña para hacer fuego. Los padres callaban. La madre iba y venía. Paco decía que el pobre hombre que se moría no tenía siquiera un colchón porque estaba acostado sobre tablas. El padre dejó de cortar pan y lo miró.

—Es la última vez –dijo– que vas con mosén Millán a dar la unción a nadie.

Todavía el chico habló de que el enfermo tenía un hijo presidiario, pero que no era culpa del padre.

—Ni del hijo tampoco.

Paco estuvo esperando que el padre dijera algo más, pero se puso a hablar de otras cosas.

Como en todas las aldeas, había un lugar en las afueras que los campesinos llamaban el *carasol*, en la base de una cortina de rocas que daban al mediodía. Era caliente en invierno y fresco en verano. Allí iban las mujeres más pobres –generalmente ya viejas– y cosían, hilaban, charlaban de lo que sucedía en el mundo.

Durante el invierno aquel lugar estaba siempre concurrido. Alguna vieja peinaba a su nieta. La Jerónima, en el carasol, estaba siempre alegre, y su alegría contagiaba a las otras. A veces, sin más ni más, y cuando el carasol estaba aburrido, se ponía ella a bailar sola, siguiendo el compás de las campanas de la iglesia.

Fue ella quien llevó la noticia de la piedad de Paco por la familia agonizante, y habló de la resistencia de mosén Millán a darles ayuda —esto muy exagerado para hacer efecto— y de la prohibición del padre del chico. Según ella, el padre había dicho a mosén Millán:

—¿Quién es usted para llevarse al chico a dar la unción?

Era mentira, pero en el carasol creían todo lo que la Jerónima decía. Ésta hablaba con respeto de mucha gente, pero no de las familias de don Valeriano y de don Gumersindo.

Veintitrés años después, mosén Millán recordaba aquellos hechos, y suspiraba bajo sus ropas talares, esperando con la cabeza apoyada en el muro —en el lugar de la mancha oscura— el momento de comenzar la misa. Pensaba que aquella visita de Paco a la cueva influyó mucho en todo lo que había de sucederle después. "Y vino conmigo. Yo lo llevé", añadía un poco perplejo. El monaguillo entraba en la sacristía y decía:

—Aún no ha venido nadie, mosén Millán.

Lo repitió porque con los ojos cerrados, el cura parecía no oírle. Y recitaba para sí el monaguillo otras partes del romance a medida que las recordaba:

... Lo buscaban en los montes,
pero no lo han encontrado;
a su casa iban con perros
pa, que tomen el olfato;
ya ventean, ya ventean
las ropas viejas de Paco.

Se oían aún las campanas. Mosén Millán volvía a recordar a Paco. "Parece que era ayer cuando tomó la primera comunión". Poco después el chico se puso a crecer, y en tres o cuatro años se hizo casi tan grande como su padre. La gente, que hasta entonces lo llamaba Paquito, comenzó a llamarlo Paco el del Molino. El bisabuelo había tenido un molino que ya no molía, y que empleaban para almacén de grano. Tenía también allí un pequeño rebaño de cabras. Una vez, cuando parieron las cabras, Paco le llevó a mosén Millán un cabritillo, que quedó triscando por el huerto de la abadía.

Poco a poco se fue alejando el muchacho de mosén Millán. Casi nunca lo encontraba en la calle, y no tenía tiempo para ir ex profeso a

verlo. Los domingos iba a misa –en verano faltaba alguna vez–, y para
Pascua confesaba y comulgaba, cada año.

Aunque imberbe aún, el chico imitaba las maneras de los adultos.
No sólo iba sin cuidado al lavadero y escuchaba los diálogos de las
mozas, sino que a veces ellas le decían picardías y crudezas, y él respondía bravamente. El lugar a donde iban a lavar las mozas se llamaba
la plaza del agua, y era, efectivamente, una gran plaza ocupada en sus
dos terceras partes por un estanque bastante profundo. En las tardes
calientes del verano algunos mozos iban a nadar allí completamente
en cueros. Las lavanderas parecían escandalizarse, pero sólo de labios
afuera. Sus gritos, sus risas y las frases que cambiaban con los mozos
mientras en la alta torre crotoraban[30] las cigüeñas, revelaban una
alegría primitiva.

Paco el del Molino fue una tarde allí a nadar, y durante más de dos
horas se exhibió a gusto entre las bromas de las lavanderas. Le decían
palabras provocativas, insultos femeninos de intención halagadora, y
aquello fue como la iniciación en la vida de los mozos solteros. Después
de aquel incidente, sus padres le dejaban salir de noche y volver cuando
ya estaban acostados.

A veces Paco hablaba con su padre sobre cuestiones de hacienda
familiar. Un día tuvieron una conversación sobre materia tan importante como los arrendamientos de pastos en el monte y lo que esos
arrendamientos les costaban. Pagaban cada año una suma regular a un
viejo duque que nunca había estado en la aldea, y que percibía aquellas
rentas de los campesinos de cinco pueblos vecinos. Paco creía que
aquello no era cabal.

—Si es cabal o no, pregúntaselo a mosén Millán, que es amigo de
don Valeriano, el administrador del duque. Anda y verás con lo que
te sale.

Ingenuamente Paco se lo preguntó al cura, y éste dijo:

—¡Qué te importa a ti eso, Paco!

Paco se atrevió a decirle –lo había oído a su padre– que había gente
en el pueblo que vivía peor que los animales, y que se podía hacer algo
para remediar aquella miseria.

—¿Qué miseria? –dijo mosén Millán–. Todavía hay más miseria
en otras partes que aquí.

---

30   *Crotorar:* Hacer las cigüeñas ruidos con su pico.

Luego le reprendió ásperamente por ir a nadar a la plaza del agua delante de las lavanderas. En eso Paco tuvo que callarse.

El muchacho iba adquiriendo gravedad y solidez. Los domingos en la tarde, con el pantalón nuevo de pana, la camisa blanca y el chaleco rameado y florido, iba a jugar a las birlas (a los bolos). Desde la abadía, mosén Millán, leyendo su breviario, oía el ruido de las birlas chocando entre sí y las monedas de cobre cayendo al suelo, donde las dejaban los mozos para sus apuestas. A veces se asomaba al balcón. Veía a Paco tan crecido, y se decía: "Ahí está. Parece que fue ayer cuando lo bauticé".

Pensaba el cura con tristeza que cuando aquellos chicos crecían, se alejaban de la iglesia, pero volvían a acercarse al llegar a la vejez por la amenaza de la muerte. En el caso de Paco la muerte llegó mucho antes que la vejez, y mosén Millán lo recordaba en la sacristía profundamente abstraído mientras esperaba el momento de comenzar la misa. Sonaban todavía las campanas en la torre. El monaguillo dijo, de pronto:

—Mosén Millán, acaba de entrar en la iglesia don Valeriano.

El cura seguía con los ojos cerrados y la cabeza apoyada en el muro. El monaguillo recordaba aún el romance:

> ... en la Pardina del monte
> allí encontraron a Paco;
> date, date a la justicia,
> o aquí mismo te matamos.

Pero don Valeriano se asomaba ya a la sacristía. "Con permiso", dijo. Vestía como los señores de la ciudad, pero en el chaleco llevaba más botones que de ordinario, y una gruesa cadena de oro con varios dijes colgando que sonaban al andar. Tenía don Valeriano la frente estrecha y los ojos huidizos. El bigote caía por los lados, de modo que cubría las comisuras de la boca. Cuando hablaba de dar dinero usaba la palabra desembolso, que le parecía distinguida. Al ver que mosén Millán seguía con los ojos cerrados sin hacerle caso, se sentó y dijo:

—Mosén Millán, el último domingo dijo usted en el púlpito que había que olvidar. Olvidar no es fácil, pero aquí estoy el primero.

El cura afirmó con la cabeza sin abrir los ojos. Don Valeriano, dejando el sombrero en una silla, añadió:

—Yo la pago, la misa, salvo mejor parecer. Dígame lo que vale y como ésos.

Negó el cura con la cabeza y siguió con los ojos cerrados. Recordaba que don Valeriano fue uno de los que más influyeron en el desgraciado fin de Paco. Era administrador del duque, y, además, tenía tierras propias. Don Valeriano, satisfecho de sí, como siempre, volvía a hablar:

—Ya digo, fuera malquerencias[31]. En esto soy como mi difunto padre.

Mosén Millán oía en su recuerdo la voz de Paco. Pensaba en el día que se casó. No se casó Paco a ciegas, como otros mozos, en una explosión temprana de deseo. Las cosas se hicieron despacio y bien. En primer lugar, la familia de Paco estaba preocupada por las quintas[32]. La probabilidad de que, sacando un número bajo, tuviera que ir al servicio militar los desvelaba a todos. La madre de Paco habló con el cura, y éste aconsejó pedir el favor a Dios y merecerlo con actos edificantes.

La madre propuso a su hijo que al llegar la Semana Santa fuera en la procesión del Viernes con un hábito de penitente, como hacían otros, arrastrando con los pies descalzos dos cadenas atadas a los tobillos. Paco se negó. En años anteriores había visto a aquellos penitentes. Las cadenas que llevaban atadas a los pies tenían, al menos, seis metros de largas, y sonaban sobre las losas o la tierra apelmazada de un nodo bronco y terrible. Algunos expiaban así quién sabe qué pecados, y llevaban la cara descubierta por orden del cura, para que todos los vieran. Otros iban simplemente a pedir algún don, y preferían cubrirse el rostro.

Cuando la procesión volvía a la iglesia, al oscurecer, los penitentes sangraban por los tobillos, y al hacer avanzar cada pie recogían el cuerpo sobre el lado contrario y se inclinaban como bestias cansinas. Las canciones de las beatas sobre aquel rumor de hierros producían un contraste muy raro. Y cuando los penitentes entraban en el templo el ruido de las cadenas resonaba más bajo las bóvedas. Entretanto en la torre sonaban las matracas.

Paco recordaba que los penitentes viejos llevaban siempre la cara descubierta. Las mujerucas, al verlos pasar, decían en voz baja cosas tremendas.

—Mira –decía la Jerónima–. Ahí va Juan el del callejón de Santa Ana, el que robó a la viuda del sastre.

---

31   *Malquerencias*: Rencores.
32   *Quintas*: El reemplazo anual para servir en el ejército. Este momento de la novela se sitúa en pleno auge de la guerra de Marruecos y el reclutamiento para el ejército se hacía mediante un sorteo entre todos los jóvenes que cumplían edad en ese año. Los primeros números eran los que iban al ejército y a la guerra.

El penitente sudaba y arrastraba sus cadenas. Otras mujeres se llevaban la mano a la boca, y decían:

—Ése, Juan el de las vacas, es el que echó a su madre polvos de solimán [33] pa' heredarla.

El padre de Paco, tan indiferente a las cosas de religión, había decidido atarse las cadenas a los tobillos. Se cubrió con el hábito negro y la capucha y se ciñó a la cintura el cordón blanco. Mosén Millán no podía comprender, y dijo a Paco:

—No tiene mérito lo de tu padre porque lo hace para no tener que apalabrar [34] un mayoral[35] en el caso de que tú tengas que ir al servicio.

Paco repitió aquellas palabras a su padre, y él, que todavía se curaba con sal y vinagre las lesiones de los tobillos, exclamó:

—Veo que a mosén Millán le gusta hablar más de la cuenta.

Por una razón u otra, el hecho fue que Paco sacó en el sorteo uno de los números más altos, y que la alegría desbordaba en el hogar, y tenían que disimularla en la calle para no herir con ella a los que habían sacado números bajos.

Lo mejor de la novia de Paco, según los aldeanos, era su diligencia y laboriosidad. Por dos años antes de ser novios, Paco había pasado día tras día al ir al campo frente a la casa de la chica. Aunque era la primera hora del alba, las ropas de cama estaban ya colgadas en las ventanas, y la calle no sólo barrida y limpia, sino regada y fresca en verano. A veces veía también Paco a la muchacha. La saludaba al pasar, y ella respondía. A lo largo de dos años el saludo fue haciéndose un poco más expresivo. Luego cambiaron palabras sobre cosas del campo. En febrero, por ejemplo, ella preguntaba:

—¿Has visto ya las cotovías?[36]

—No, pero no tardarán –respondía Paco– porque ya comienza a florecer la aliaga[37].

Algún día, con el temor de no hallarla en la puerta o en la ventana antes de llegar, se hacía Paco presente dando voces a las mulas y, si aquello no bastaba, cantando. Hacia la mitad del segundo año, ella –que se llamaba Águeda– lo miraba ya de frente, y le sonreía. Cuando había baile iba con su madre y sólo bailaba con Paco.

Más tarde hubo un incidente bastante sonado. Una noche el alcalde

---

33 *Solimán*: Nombre vulgar del sublimado corrosivo o cloruro mercúrico. Sustancia muy venenosa utilizada en medicina como desinfectante.
34 *Apalabrar*: Contratar.
35 *Mayoral*: Pastor.
36 *Cotovías*: Pájaros de la familia de la alondra. Suelen andar por los sembrados.
37 *Aliagas*: Plantas espinosas, con hojas lisas terminadas en púas y flores amarillas.

prohibió rondar [38] al saber que había tres rondallas [39] diferentes y ri-
vales, y que podrían producirse violencias. A pesar de la prohibición
salió Paco con los suyos, y la pareja de la guardia civil disolvió la ronda,
y lo detuvo a él. Lo llevaban a dormir a la cárcel, pero Paco echó mano
a los fusiles de los guardias y se los quitó. La verdad era que los guardias
no podían esperar de Paco –amigo de ellos– una salida así. Paco se fue
con los dos rifles a casa. Al día siguiente todo el pueblo sabía lo ocurrido, y mosén Millán fue a ver al mozo, y le dijo que el hecho era
grave, y no sólo para él, sino para todo el vecindario.

—¿Por qué? –preguntaba Paco.

Recordaba mosén Millán que había habido un caso parecido en
otro pueblo, y que el Gobierno condenó al municipio a estar sin guardia
civil durante diez años.

—¿Te das cuenta? –le decía el cura, asustado.

—A mí no me importa estar sin guardia civil.

—No seas badulaque.

—Digo la verdad, mosén Millán.

—¿Pero tú crees que sin guardia civil se podría sujetar a la gente?
Hay mucha maldad en el mundo.

—No lo creo.

—¿Y la gente de las cuevas?

—En lugar de traer guardia civil, se podían quitar las cuevas,
mosén Millán.

—Iluso. Eres un iluso.

Entre bromas y veras el alcalde recuperó los fusiles y echó tierra
al asunto. Aquel incidente dio a Paco cierta fama de mozo atrevido. A
Águeda le gustaba, pero le daba una inseguridad temerosa.

Por fin, Águeda y Paco se dieron palabra de matrimonio. La novia
tenía más nervio[40] que su suegra, y aunque se mostraba humilde y res-
petuosa, no se entendían bien. Solía decir la madre de Paco:

—Agua mansa. Ten cuidado, hijo, que es agua mansa.

Pero Paco lo echaba a broma. Celos de madre. Como todos los
novios, rondó la calle por la noche, y la víspera de San Juan llenó de
flores y ramos verdes las ventanas, la puerta, el tejado y hasta la chi-
menea de la casa de la novia.

---

38 *Rondar*: Se decía así al pasear los mozos por las calles donde viven las mozas a las que
galanteaban, generalmente al anochecer. En la ronda muchas veces se cantaban canciones
de amor al pie de las ventanas de la muchacha rondada.

39 *Rondallas*: Grupo de jóvenes que salían a rondar de noche. Normalmente iban con instrumentos de cuerda (guitarras, bandurrias y laúdes) para acompañar sus canciones.

40 *Más nervio*: Más carácter, más personalidad.

La boda fue como todos esperaban. Gran comida, música y baile. Antes de la ceremonia muchas camisas blancas estaban ya manchadas de vino al obstinarse los campesinos en beber en bota[41]. Las esposas protestaban, y ellos decían riendo que había que emborrachar las camisas para darlas después a los pobres. Con esa expresión –darlas a los pobres– se hacían la ilusión de que ellos no lo eran.

Durante la ceremonia, mosén Millán hizo a los novios una plática. Le recordó a Paco que lo había bautizado y confirmado, y dado la primera comunión. Sabiendo que los dos novios eran tibios en materia de religión, les recordaba también que la iglesia era la madre común y la fuente no sólo de la vida temporal, sino de la vida eterna. Como siempre, en las bodas algunas mujeres lloraban y se sonaban ruidosamente. Mosén Millán dijo otras muchas cosas, y la última fue la siguiente: "Este humilde ministro del Señor ha bendecido vuestro lecho natal, bendice en este momento vuestro lecho nupcial –hizo en el aire la señal de la cruz–, y bendecirá vuestro lecho mortal, si Dios lo dispone así. In nomine Patris et Filii... "

Eso del lecho mortal le pareció a Paco que no venía al caso. Recordó un instante los estertores de aquel pobre hombre a quien llevó la unción siendo niño. (Era el único lecho mortal que había visto.) Pero el día no era para tristezas.

Terminada la ceremonia salieron. A la puerta les esperaba una rondalla de más de quince músicos con guitarras, bandurrias [42], requintos [43], hierros[44] y panderetas, que comenzó a tocar rabiosamente. En la torre, el cimbal [45] más pequeño volteaba.

Una mozuela decía viendo pasar la boda, con un cántaro en el anca:

—¡Todas se casan, y yo, mira!

La comitiva fue a la casa del novio. Las consuegras iban lloriqueando aún. Mosén Millán, en la sacristía, se desvistió de prisa para ir cuanto antes a participar de la fiesta. Cerca de la casa del novio en-

---

41 *Bota*: Bolsa pequeña de cuero, con un brocal de cuerno o madera, en la que se guardaba vino. Para beber se sostenía en alto y se apretaba el cuero para que saliera un chorro de vino por el brocal directamente a la boca del que bebía.

42 *Bandurria*: Instrumento musical de cuerda compuesto por una caja de resonancia en forma aovada, un mástil corto con trastes y seis cuerdas dobles que se hacen sonar con púa.

43 *Requinto*: Guitarrillo que se toca pasando el dedo índice o el mayor sucesivamente y con ligereza de arriba abajo, y viceversa, rozando las cuerdas.

44 *Hierro*: Barra de hierro en forma de triángulo que es golpeada con una baqueta, también de hierro, en los tres lados de dicho triángulo

45 *Cimbal*: En algunas zonas de Aragón, campana.

contró al zapatero, vestido de gala. Era pequeño, y como casi todos los
del oficio, tenía anchas caderas. Mosén Millán, que tuteaba a todo el
mundo, lo trataba a él de usted. Le preguntó si había estado en la casa
de Dios.

—Mire, mosén Millán. Si aquello es la casa de Dios, yo no merezco
estar allí, y si no lo es, ¿para qué?

El zapatero encontró todavía antes de separarse del cura un momento para decirle algo de veras extravagante. Le dijo que sabía de
buena tinta que en Madrid el rey se tambaleaba, y que si caía, muchas
cosas iban a caer con él. Como el zapatero olía a vino, el cura no le hizo
mucho caso. El zapatero repetía con una rara alegría:

—En Madrid pintan bastos[46], señor cura.

Podía haber algo de verdad, pero el zapatero hablaba fácilmente.
Sólo había una persona que en eso se le pudiera igualar: la Jerónima.

Era el zapatero como un viejo gato, ni amigo ni enemigo de nadie,
aunque con todos hablaba. Mosén Millán recordaba que el periódico
de la capital de la provincia no disimulaba su alarma ante lo que pasaba
en Madrid. Y no sabía qué pensar.

Veía el cura a los novios solemnes, a los invitados jóvenes ruidosos,
y a los viejos discretamente alegres. Pero no dejaba de pensar en las palabras del zapatero. Éste se había puesto, según dijo, el traje que llevó
en su misma boda, y por eso olía a alcanfor. A su alrededor se agru-
paban seis u ocho invitados, los menos adictos a la parroquia. "Debía
de estar hablándoles –pensaba mosén Millán– de la próxima caída del
rey y de que en Madrid pintaban bastos".

Comenzaron a servir vino. En una mesa había pimientos en adobo,
hígado de pollo y rabanitos en vinagre para abrir el apetito. El zapatero
se servía mientras elegía entre las botellas que había al lado. La madre
del novio le dijo indicándole una:

—Este vino es de los que raspan.

En la sala de al lado estaban las mesas. En la cocina, la Jerónima
arrastraba su pata reumática. Era ya vieja, pero hacía reír a la gente
joven:

—No me dejan salir de la cocina –decía– porque tienen miedo de
que con mi aliento agrie el vino. Pero me da igual. En la cocina está lo
bueno. Yo también sé vivir. No me casé, pero por detrás de la iglesia

---

46 *Pintar bastos*: Los bastos son uno de los palos de la baraja española (Oros, copas, espadas
    y bastos). La expresión pintar bastos significa que va a haber problemas para algo o al-
    guien, generalmente violentos.

tuve todos los hombres que se me antojaban. Soltera, soltera, pero con la llave en la gatera[47].

Las chicas reían escandalizadas.

Entraba en la casa el señor Cástulo Pérez. Su presencia causó sensación porque no lo esperaban. Llegaba con dos floreros de porcelana envueltos en papel y cuidadosamente atados con una cinta. "No sé qué es esto –dijo dándoselos a la madre de la novia–. Cosas de la dueña". Al ver al cura se le acercó:

—Mosén Millán, parece que en Madrid van a darle la vuelta a la tortilla.

Del zapatero se podía dudar, pero refrendado por el señor Cástulo, no. Y éste, que era hombre prudente, buscaba, al parecer, el arrimo de Paco el del Molino. ¿Con qué fin? Había oído el cura hablar de elecciones. A las preguntas del cura, el señor Cástulo decía evasivo: "Un runrún [48] que corre". Luego, dirigiéndose al padre del novio, gritó con alegría:

—Lo importante no es si ponen o quitan rey, sino saber si la rosada[49] mantiene el tempero[50] de las viñas. Y si no, que lo diga Paco.

—Bien que le importan a Paco las viñas en un día como hoy –dijo alguien.

Con sus apariencias simples, el señor Cástulo era un carácter fuerte. Se veía en sus ojos fríos y escrutadores. Al dirigirse al cura antes de decir lo que se proponía hacía un preámbulo: "Con los respetos debidos...". Pero se veía que esos respetos no eran muchos.

Iban llegando nuevos invitados y parecían estar ya todos.

Sin darse cuenta habían ido situándose por jerarquías sociales. Todos de pie, menos el sacerdote, se alineaban contra el muro, alrededor de la sala. La importancia de cada cual –según las propiedades que tenía– determinaba su proximidad o alejamiento de la cabecera del cuarto en donde había dos mecedoras y una vitrina con mantones de Manila[51] y abanicos de nácar, de los que la familia estaba orgullosa.

Al lado, en una mecedora, mosén Millán. Cerca los novios, de pie, recibiendo los parabienes de los que llegaban, y tratando con el dueño del único automóvil de alquiler que había en la aldea el precio del viaje

47 *Soltera, pero con la llave en la gatera*: Se decía así de las solteras de vida libre que se atrevían a recibir hombres en su casa.
48 *Runrún*: Rumor.
49 *Rosada*: Escarcha.
50 *Tempero*: Tierra en buena disposición para el cultivo.
51 *Mantón de Manila*: Pañuelo grande que se colocaban las mujeres en triángulo sobre los hombros y que caía por la espalda hasta más debajo de la cintura. Los originarios de Manila (Filipinas) eran de seda y estaban profusamente bordados.

hasta la estación del ferrocarril. El dueño del coche, que tenía la contrata del servicio de correos, decía que le prohibían llevar al mismo tiempo más de dos viajeros, y tenía uno apalabrado, de modo que serían tres si llevaba a los novios. El señor Cástulo intervino, y ofreció llevarlos en su automóvil. Al oír este ofrecimiento, el cura puso atención. No creía que Cástulo fuera tan amigo de la casa.

Aprovechando las idas y venidas de las mozas que servían, la Jerónima enviaba algún mensaje vejatorio al zapatero, y éste explicaba a los más próximos:

—La Jerónima y yo tenemos un telégrafo amoroso.

En aquel momento una rondalla rompía a tocar en la calle. Alguien cantó:

> En los ojos de los novios
> relucían dos luceros;
> ella es la flor de la ontina[52],
> y él es la flor del romero.

La segunda canción después de un largo espacio de alegre jota de baile volvía a aludir a la boda, como era natural:

> Viva Paco el del Molino
> y Águeda la del buen garbo,
> que ayer eran sólo novios,
> y ahora son ya desposados.

La rondalla siguió con la energía con que suelen tocar los campesinos de manos rudas y corazón caliente. Cuando creyeron que habían tocado bastante, fueron entrando. Formaron grupo al lado opuesto de la cabecera del salón, y estuvieron bebiendo y charlando. Después pasaron todos al comedor.

En la presidencia se instalaron los novios, los padrinos, mosén Millán, el señor Cástulo y algunos otros labradores acomodados. El cura hablaba de la infancia de Paco y contaba sus diabluras, pero también su indignación contra los búhos que mataban por la noche a los gatos extraviados, y su deseo de obligar a todo el pueblo a visitar a los pobres de las cuevas y a ayudarles. Hablando de esto vio en los ojos de Paco una seriedad llena de dramáticas reservas, y entonces el cura cambió de tema, y recordó con benevolencia el incidente del revólver, y hasta sus aventuras en la plaza del agua.

No faltó en la comida la perdiz en adobo ni la trucha al horno, ni el capón relleno. Iban de mano en mano porrones, botas, botellas, con vinos de diferentes cosechas.

La noticia de la boda llegó al carasol, donde las viejas hilanderas bebieron a la salud de los novios el vino que llevaron la Jerónima y el zapatero. Éste se mostraba más alegre y libre de palabra que otras veces, y decía que los curas son las únicas personas a quienes todo el mundo llama padre, menos sus hijos, que los llaman tíos.

Las viejas aludían a los recién casados:

—Frescas están ya las noches.

—Lo propio para dormir con compañía.

Una decía que cuando ella se casó había nieve hasta la rodilla.

—Malo para el novio –dijo otra.

—¿Por qué?

—Porque tendría sus noblezas escondidas en los riñones, con la helada.

—Eh, tú, culo de hanega [53]. Cuando enviudes, échame un parte –gritó la Jerónima.

El zapatero, con más deseos de hacer reír a la gente que de insultar a la Jerónima, fue diciéndole una verdadera letanía de desvergüenzas:

—Cállate, penca [54] del diablo, pata de afilador [55], albarda [56], zurupeta [57], tía chamusca [58], estropajo [59]. Cállate, que te traigo una buena noticia: Su Majestad el rey va envidao [60] y se lo lleva la trampa.

—¿Y a mí qué?

—Que en la república no empluman a las brujas.

Ella decía de sí misma que volaba en una escoba, pero no permitía que se lo dijeran los demás. Iba a responder cuando el zapatero continuó:

—Te lo digo a ti, zurrapa [61], trotona [62], chirigaita[63], mochilera [64],

---

52   *Ontina*: Planta silvestre, de hojas pequeñas y carnosas y flores amarillas y aromáticas.
53   *Hanega*: Medida de capacidad para cereales que equivales a 55 litros y medio
54   *Penca*: Tira de cuero o vaqueta con que el verdugo azotaba a los delincuentes.
55   *Pata de afilador*: Los afiladores eran artesanos errantes qua afilaban cuchillos y otros instrumentos con un piedra giratoria de afilar a la que daban movimiento pedaleando. Figuradamente, *Pata de afilador* es la persona que nunca está quieta.
56   *Albarda*: Pieza principal del aparejo de las caballerías de carga, que se compone de dos a manera de almohadas rellenas, generalmente de paja y unidas por la parte que cae sobre el lomo del animal.
57   *Zurupeta*: Derivado de *zurullo*: porción de excremento humano.
58   *Chamusca*: De *chamuscar*: quemada por fuera.
59   *Estropajo*: Desecho, persona o cosa inútil o despreciable.
60   *Envidao*: De *envidar*: apostar algo en un juego de cartas.
61   *Zurrapa*: Cosa o persona vil y despreciable.
62   *Trotona*: Prostituta.
63   *Chirigaita*: Calabaza.
64   *Mochilera*: Prostituta que seguía al ejército en sus desplazamientos.

trasgo [65], pendón[66], zancajo [67], pinchatripas [68], ojisucia [69], mocarra[70], fuina [71]...

La ensalmadora se apartaba mientras él la seguía con sus dicharachos. Las viejas del carasol reventaban de risa, y antes de que llegaran las reacciones de la Jerónima, que estaba confusa, decidió el zapatero retirarse victorioso. Por el camino tendía la oreja a ver lo que decían detrás. Se oía la voz de la Jerónima:

—¿Quién iba a decirme que ese monicaco [72] tenía tantas dijendas [73] en el estómago?

Y volvían a hablar de los novios. Paco era el mozo mejor plantado del pueblo, y se había llevado la novia que merecía. Volvían a aludir a la noche de novios con expresiones salaces.

Siete años después, mosén Millán recordaba la boda sentado en el viejo sillón de la sacristía. No abría los ojos para evitarse la molestia de hablar con don Valeriano, el alcalde. Siempre le había sido difícil entenderse con él porque aquel hombre no escuchaba jamás.

Se oían en la iglesia las botas de campo de don Gumersindo. No había en la aldea otras botas como aquéllas, y mosén Millán supo que era él mucho antes de llegar a la sacristía. Iba vestido de negro, y al ver al cura con los ojos cerrados, habló en voz baja para saludar a don Valeriano. Pidió permiso para fumar, y sacó la petaca[74]. Entonces, mosén Millán abrió los ojos.

—¿Ha venido alguien más? –preguntó.

—No, señor –dijo don Gumersindo disculpándose como si tuviera él la culpa–. No he visto como el que dice un alma en la iglesia.

Mosén Millán parecía muy fatigado, y volvió a cerrar los ojos y a apoyar la cabeza en el muro. En aquel momento entró el monaguillo, y don Gumersindo le preguntó:

—Eh, zagal. ¿Sabes por quién es la misa?

El chico recurrió al romance en lugar de responder:

> Ya lo llevan cuesta arriba
> camino del camposanto...

---

65   *Trasgo*: Diablo.
66   *Pendón*: Prostituta.
67   *Zancajo*: Persona de mala figura o demasiado pequeña.
68   *Pinchatripas*: Mujer que practica abortos de forma encubierta.
69   *Ojisucia*: Legañosa.
70   *Mocarra*: Niño o mozo que se atreve a intervenir en cosas de mayores. Se le dice también al que habla acerca de cosas que no sabe.
71   *Fuina*: Comadreja.
72   *Monicaco*: Hombre de poco valor.
73   *Dijendas*: Insultos.
74   *Petaca*: Estuche para guardar tabaco.

—No lo digas todo, zagal, porque aquí, el alcalde, te llevará a la cárcel.

El monaguillo miró a don Valeriano, asustado. Éste, la vista perdida en el techo, dijo:

—Cada broma quiere su tiempo y lugar.

Se hizo un silencio penoso. Mosén Millán abrió los ojos otra vez, y se encontró con los de don Gumersindo, que murmuraba:

—La verdad es que no sé si sentirme[75] con lo que dice.

El cura intervino diciendo que no había razón para sentirse. Luego ordenó al monaguillo que saliera a la plaza a ver si había gente esperando para la misa. Solía quedarse allí algún grupo hasta que las campanas acababan de tocar. Pero el cura quería evitar que el monaguillo dijera la parte del romance en la que se hablaba de él:

> Aquel que lo bautizara,
> mosén Millán el nombrado,
> en confesión desde el coche
> le escuchaba los pecados.

Estaba don Gumersindo siempre hablando de su propia bondad –como el que dice– y de la gente desagradecida que le devolvía mal por bien. Eso le parecía especialmente adecuado delante del cura y de don Valeriano en aquel momento. De pronto tuvo un arranque generoso:

—Mosén Millán. ¿Me oye, señor cura? Aquí hay dos duros para la misa de hoy.

El sacerdote abrió los ojos, somnolente, y advirtió que el mismo ofrecimiento había hecho don Valeriano, pero que le gustaba decir la misa sin que nadie la pagara. Hubo un largo silencio. Don Valeriano arrollaba su cadena en el dedo índice y luego la dejaba resbalar. Los dijes sonaban. Uno tenía un rizo de pelo de su difunta esposa. Otro, una reliquia del santo padre Claret[76] heredada de su bisabuelo. Hablaba en voz baja de los precios de la lana y del cuero, sin que nadie le contestara.

Mosén Millán, con los ojos cerrados, recordaba aún el día de la. boda de Paco. En el comedor, una señora había perdido un pendiente, y dos hombres andaban a cuatro manos buscándolo. Mosén Millán pensaba que en las bodas siempre hay una mujer a quien se le cae un pendiente, y lo busca, y no lo encuentra. La novia, perdida la palidez

---

75   *Sentirse*: Ofenderse.
76   *Padre Claret*: San Antonio María Claret (1807-1879), famoso predicador y fundador de los misioneros claretianos.

de la primera hora de la mañana –por el insomnio de la noche anterior–, había recobrado sus colores. De vez en cuando consultaba el novio la hora. Y a media tarde se fueron a la estación conducidos por el mismo señor Cástulo.

La mayor parte de los invitados habían salido a la calle a despedir a los novios con vítores y bromas. Muchos desde allí volvieron a sus casas. Los más jóvenes fueron al baile.

Se entretenía mosén Millán con aquellas memorias para evitar oír lo que decían don Gumersindo y don Valeriano, quienes hablaban, como siempre, sin escucharse el uno al otro.

Tres semanas después de la boda volvieron Paco y su mujer, y el domingo siguiente se celebraron elecciones. Los nuevos concejales eran jóvenes, y con excepción de algunos, según don Valeriano, gente baja. El padre de Paco vio de pronto que todos los que con él habían sido elegidos se consideraban contrarios al duque y echaban roncas[77] contra el sistema de arrendamientos de pastos. Al saber esto Paco el del Molino, se sintió feliz, y creyó por vez primera que la política valía para algo. "Vamos a quitarle la hierba al duque", repetía.

El resultado de la elección dejó a todos un poco extrañados. El cura estaba perplejo. Ni uno solo de los concejales se podía decir que fuera hombre de costumbres religiosas. Llamó a Paco, y le preguntó:

—¿Qué es eso que me han dicho de los montes del duque?

—Nada –dijo Paco–. La verdad. Vienen tiempos nuevos, mosén Millán.

—¿Qué novedades son ésas?

—Pues que el rey se va con la música a otra parte[78], y lo que yo digo: buen viaje.

Pensaba Paco que el cura le hablaba a él porque no se atrevía a hablarle de aquello a su padre. Añadió:

—Diga la verdad, mosén Millán. Desde aquel día que fuimos a la cueva a llevar el santolio sabe usted que yo y otros cavilamos para remediar esa vergüenza. Y más ahora que se ha presentado la ocasión.

—¿Qué ocasión? Eso se hace con dinero. ¿De dónde vais a sacarlo?

—Del duque. Parece que a los duques les ha llegado su San Martín[79].

---

77   *Roncas*: Amenazas.
78   *Irse con la música a otra parte*: Frase echa para indicar que alguien es expulsado.
79   *Llegar San Martín*: El día de San Martín (11 de noviembre) se mataba al cerdo que se criaba en las casas cada año. Por extensión se decía que cuando a alguien le llegaba su San Martín, era que iba a recibir su merecido.

—Cállate, Paco. Yo no digo que el duque tenga siempre razón. Es un ser humano tan falible como los demás, pero hay que andar en esas cosas con pies de plomo, y no alborotar a la gente ni remover las bajas pasiones.

Las palabras del joven fueron comentadas en el carasol. Decían que Paco había dicho al cura: "A los reyes, a los duques y a los curas los vamos a pasar a cuchillo, como a los cerdos por San Martín". En el carasol siempre se exageraba.

Se supo de pronto que el rey había huido de España. La noticia fue tremenda para don Valeriano y para el cura. Don Gumersindo no quería creerla, y decía que eran cosas del zapatero. Mosén Millán estuvo dos semanas sin salir de la abadía, yendo a la iglesia por la puerta del huerto y evitando hablar con nadie. El primer domingo fue mucha gente a misa esperando la reacción de mosén Millón, pero el cura no hizo la menor alusión. En vista de esto el domingo siguiente estuvo el templo vacío.

Paco buscaba al zapatero, y lo encontraba taciturno y reservado.

Entretanto, la bandera tricolor flotaba al aire en el balcón de la casa consistorial y encima de la puerta de la escuela. Don Valeriano y don Gumersindo no aparecían por ningún lado, y Cástulo buscaba a Paco, y se exhibía con él, pero jugaba con dos barajas, y cuando veía al cura le decía en voz baja:

—¿A dónde vamos a parar, mosén Millán?

Hubo que repetir la elección en la aldea porque había habido incidentes que, a juicio de don Valeriano, la hicieron ilegal. En la segunda elección el padre de Paco cedió el puesto a su hijo. El muchacho fue elegido.

En Madrid suprimieron los bienes de señorío [80], de origen medioeval y los incorporaron a los municipios. Aunque el duque alegaba que sus montes no entraban en aquella clasificación, las cinco aldeas acordaron, por iniciativa de Paco, no pagar mientras los tribunales decidían. Cuando Paco fue a decírselo a don Valeriano, éste se quedó un rato mirando al techo y jugando con el guardapelo de la difunta. Por fin se negó a darse por enterado, y pidió que el municipio se lo comunicara por escrito.

La noticia circuló por el pueblo. En el carasol se decía que Paco

---

80   *Bienes de señorío*: Propiedades que estaban vinculadas a un título nobiliario (Conde. Duque, etc...)

había amenazado a don Valeriano. Atribuían a Paco todas las arrogancias y desplantes a los que no se atrevían los demás. Querían en el carasol a la familia de Paco y a otras del mismo tono cuyos hombres, aunque tenían tierras, trabajaban de sol a sol. Las mujeres del carasol iban a misa, pero se divertían mucho con la Jerónima cuando cantaba aquella canción que decía:

> El cura le dijo al ama
> que se acostara a los pies.

No se sabía exactamente lo que planeaba el ayuntamiento "en favor de los que vivían en las cuevas", pero la imaginación de cada cual trabajaba, y las esperanzas de la gente humilde crecían. Paco había tomado muy en serio el problema, y las reuniones del municipio no trataban de otra cosa.

Paco envió a don Valeriano el acuerdo del municipio, y el administrador lo transmitió a su amo. La respuesta telegráfica del duque fue la siguiente:

«Doy orden a mis guardas de que vigilen mis montes, y disparen sobre cualquier animal o persona que entre en ellos. El municipio debe hacerlo pregonar para evitar la pérdida de bienes o de vidas humanas».

Al leer esta respuesta, Paco propuso al alcalde que los guardas fueran destituidos, y que les dieran un cargo mejor retribuido en el sindicato de riegos, en la huerta. Estos guardas no eran más que tres, y aceptaron contentos. Sus carabinas fueron a parar a un rincón del salón de sesiones, y los ganados del pueblo entraban en los montes del duque sin dificultad.

Don Valeriano, después de consultar varias veces con mosén Millán, se arriesgó a llamar a Paco, quien acudió a su casa. Era la de don Valeriano grande y sombría, con balcones volados y puerta cochera. Don Valeriano se había propuesto ser conciliador y razonable, y lo invitó a merendar. Le habló del duque de una manera familiar y ligera. Sabía que Paco solía acusarlo de no haber estado nunca en la aldea, y eso no era verdad. Tres veces había ido en los últimos años a ver sus propiedades, pero no hizo noche en aquel pueblo, sino en el de al lado. Y aún se acordaba don Valeriano de que cuando el señor duque y la señora duquesa hablaban con el guarda más viejo, y éste escuchaba con el sombrero en la mano, sucedió una ocurrencia memorable. La señora duquesa le preguntaba al guarda por cada uña de las personas de su familia, y al preguntarle por el hijo mayor, don Valeriano se acordaba de las mismas palabras del guarda, y las repetía:

—¿Quién, Miguel? –dijo el guarda–. ¡Tóquele vuecencia los cojones a Miguelico, que está en Barcelona ganando nueve pesetas diarias!

Don Valeriano reía. También rió Paco, aunque de pronto se puso serio, y dijo:

—La duquesa puede ser buena persona, y en eso no me meto. Del duque he oído cosas de más y de menos. Pero nada tiene que ver con nuestro asunto.

—Eso es verdad. Pues bien, yendo al asunto, parece que el señor duque está dispuesto a negociar con usted –dijo don Valeriano.

—¿Sobre el monte? –don Valeriano afirmó con el gesto–. No hay que negociar, sino bajar la cabeza.

Don Valeriano no decía nada, y Paco se atrevió a añadir:

—Parece que el duque templa muy a lo antiguo [81].

Seguía don Valeriano en silencio, mirando al techo.

—Otra jota cantamos por aquí –añadió Paco.

Por fin habló don Valeriano:

—Hablas de bajar la cabeza. ¿Quién va a bajar la cabeza? Sólo la bajan los cabestros.

—Y los hombres honrados cuando hay una ley.

—Ya lo veo, pero el abogado del señor duque piensa de otra manera. Y hay leyes y leyes.

Paco se sirvió vino diciendo entre dientes: con permiso. Esta pequeña libertad ofendió a don Valeriano, quien sonrió, y dijo: *sírvase*, cuando Paco había llenado ya su vaso.

Volvió Paco a preguntar:

—¿De qué manera va a negociar él duque? No hay más que dejar los montes, y no volver a pensar en el asunto.

Don Valeriano miraba el vaso de Paco, y se atusaba despacio los bigotes, que estaban tan lamidos y redondeados, que parecían postizos. Paco murmuró:

—Habría que ver qué papeles tiene el duque sobre esos montes. ¡Si es que tiene alguno!

---

81 *Templa muy a lo antiguo*: *Templar* es tocar un instrumento de cuerda. Figuradamente, templar a lo antiguo es estar muy anticuado.

Don Valeriano estaba irritado:

—También en eso te equivocas. Son muchos siglos de usanza, y eso tiene fuerza. No se deshace en un día lo que se ha hecho en cuatrocientos años. Los montes no son botellicas de vino –añadió viendo que Paco volvía a servirse–, sino fuero [82]. Fuero de reyes.

—Lo que hicieron los hombres, los hombres lo deshacen, creo yo.

—Sí, pero de hombre a hombre va algo.

Paco negaba con la cabeza.

—Sobre este asunto –dijo bebiendo el segundo vaso y chascando la lengua– dígale al duque que si tiene tantos derechos, puede venir a defenderlos él, mismo, pero que traiga un rifle nuevo, porque los de los guardas los tenemos nosotros.

—Paco, parece mentira. ¿Quién iba a pensar que un hombre con un jaral[83] y un par de mulas tuviera aliento para hablar así? Después de esto no me queda nada que ver en el mundo.

Terminada la entrevista, cuyos términos comunicó don Valeriano al duque, éste volvió a enviar órdenes, y el administrador, cogido entre dos fuegos, no sabía qué hacer, y acabó por marcharse del pueblo después de ver a mosén Millán, contarle a su manera lo sucedido y decirle que el pueblo se gobernaba por las dijendas del carasol. Atribuía a Paco amenazas e insultos e insistía mucho en aquel detalle de la botella y el vaso. El cura unas veces le escuchaba y otras no.

Mosén Millán movía la cabeza con lástima recordando todo aquello desde su sacristía. Volvía el monaguillo a apoyarse en el quicio de la puerta, y como no podía estar quieto, frotaba una bota contra la otra, y mirando al cura recordaba todavía el romance:

> Entre cuatro lo llevaban
> adentro del camposanto,
> madres, las que tenéis hijos,
> Dios os los conserva sanos,
> y el Santo Ángel de la Guarda...

El romance hablaba luego de otros reos que murieron también entonces, pero el monaguillo no se acordaba de los nombres. Todos habían sido asesinados en aquellos mismos días. Aunque el romance no decía eso, sino ejecutados.

Mosén Millán recordaba. En los últimos tiempos la fe religiosa de

---

82   *Fuero*: Ley
83   *Jaral*: Lugar poblado de jaras (matorrales), tierra sin valor.

don Valeriano se había debilitado bastante. Solía decir que un Dios que permitía lo que estaba pasando, no merecía tantos miramientos. El cura le oía fatigado. Don Valeriano había regalado años atrás una verja de hierro de forja para la capilla del Cristo, y el duque había pagado los gastos de reparación de la bóveda del templo dos veces. Mosén Millán no conocía el vicio de la ingratitud.

En el carasol se decía que con el arriendo de pastos, cuyo dinero iba al municipio, se hacían planes para mejorar la vida de la aldea. Bendecían a Paco el del Molino, y el elogio más frecuente entre aquellas viejecillas del carasol era decir que los tenía bien puestos.

En el pueblo de al lado estaban canalizando el agua potable y llevándola hasta la plaza. Paco el del Molino tenía otro plan –su pueblo no necesitaba ya aquella mejora–, y pensaba en las cuevas, a cuyos habitantes imaginaba siempre agonizando entre estertores, sin luz, ni fuego, ni agua. Ni siquiera aire que respirar.

En los terrenos del duque había una ermita cuya festividad se celebraba un día del verano, con romería. Los romeros hacían ese día regalos al sacerdote, y el municipio le pagaba la misa. Aquel año se desentendió el alcalde, y los campesinos siguieron su ejemplo. Mosén Millán llamó a Paco, quien le dijo que todo obedecía a un acuerdo del ayuntamiento.

—¿El ayuntamiento, dices? ¿Y qué es el ayuntamiento? –preguntaba el cura, irritado.

Paco sentía ver a mosén Millán tan fuera de sí, y dijo que como aquellos terrenos de la ermita habían sido del duque, y la gente estaba contra él, se comprendía la frialdad del pueblo con la romería. Mosén Millán dijo en un momento de pasión:

—¿Y quién eres tú para decirle al duque que si viene a los montes no dará más de tres pasos porque lo esperarás con la carabina de uno de los guardas? ¿No sabes que eso es una amenaza criminal?

Paco no había dicho nada de aquello. Don Valeriano mentía. Pero el cura no quería oír las razones de Paco.

En aquellos días el zapatero estaba nervioso y desorientado. Cuando le preguntaban, decía:

—Tengo barruntos [84].

Se burlaban de él en el carasol, pero el zapatero decía:

---

84 *Barruntos*: De *barruntar*: prever algo por indicios o señales.

—Si el cántaro da en la piedra, o la piedra en el cántaro, mal para el cántaro.

Esas palabras misteriosas no aclaraban gran cosa la situación. El zapatero se había pasado la vida esperando aquello, y al verlo llegar, no sabía qué pensar ni qué hacer. Algunos concejales le ofrecieron el cargo de juez de riegos para resolver los problemas de competencia en el uso de las aguas de la acequia principal.

—Gracias –dijo él–, pero yo me atengo al refrán que dice: zapatero a tus zapatos.

Poco a poco se fue acercando al cura. El zapatero tenía que estar contra el que mandaba, no importaba la doctrina o el color. Don Gumersindo se había marchado también a la capital de la provincia, lo que molestaba bastante al cura. Éste decía:

—Todos se van, pero yo, aunque pudiera, no me iría. Es una deserción.

A veces el cura parecía tratar de entender a Paco, pero de pronto comenzaba a hablar de la falta de respeto de la población y de su propio martirio. Sus discusiones con Paco siempre acababan en eso: en ofrecerse como víctima propiciatoria. Paco reía:

—Pero si nadie quiere matarle, mosén Millán.

La risa de Paco ponía al cura frenético, y dominaba sus nervios con dificultad.

Cuando la gente comenzaba á olvidarse de don Valeriano y don Gumersindo, éstos volvieron de pronto a la aldea. Parecían seguros de sí, y celebraban conferencias con el cura, a diario. El señor Cástulo se acercaba, curioso, pero no podía averiguar nada. No se fiaban de él.

Un día del mes de julio la guardia civil de la aldea se marchó con órdenes de concentrarse –según decían– en algún lugar a donde acudían las fuerzas de todo el distrito. Los concejales sentían alguna amenaza en el aire, pero no podían concretarla.

Llegó a la aldea un grupo de señoritos con vergas [85] y con pistolas. Parecían personas de poco más o menos [86], y algunos daban voces histéricas. Nunca habían visto gente tan desvergonzada. Normalmente a aquellos tipos rasurados y finos como mujeres los llamaban en el carasol *pijaitos*[87], pero lo primero que hicieron fue dar una paliza tremenda al zapatero, sin que le valiera para nada su neutralidad. Luego

---

85   *Vergas*: Porras, armas o instrumentos para golpear.
86   *De poco más o menos*: Gente de mal aspecto y malas costumbres.
87   *Pijaitos*: De clase social acomodada. Implica un tono despectivo.

mataron a seis campesinos –entre ellos cuatro de los que vivían en las cuevas– y dejaron sus cuerpos en las cunetas de la carretera entre el pueblo y el carasol. Como los perros acudían a lamer la sangre, pusieron a uno de los guardas del duque de vigilancia para alejarlos. Nadie preguntaba. Nadie comprendía. No había guardias civiles que salieran al paso de los forasteros.

En la iglesia, mosén Millán anunció que estaría El Santísimo expuesto día y noche, y después protestó ante don Valeriano –al que los señoritos habían hecho alcalde– de que hubieran matado a los seis campesinos sin darles tiempo para confesar. El cura se pasaba el día y parte de la noche rezando.

El pueblo estaba asustado, y nadie sabía qué hacer. La Jerónima iba y venía, menos locuaz que de costumbre. Pero en el carasol insultaba a los señoritos forasteros, y pedía para ellos tremendos castigos. Esto no era obstáculo para que cuando veía al zapatero le hablara de leña, de bandeo, de varas de medir y de otras cosas que aludían a la paliza. Preguntaba por Paco, y nadie sabía darle razón. Había desaparecido, y lo buscaban, eso era todo.

Al día siguiente de haberse burlado la Jerónima del zapatero, éste apareció muerto en el camino del carasol con la cabeza volada. La pobre mujer fue a ponerle encima una sábana, y después se encerró en su casa, y estuvo tres días sin salir. Luego volvió a asomarse a la calle poco a poco, y hasta se acercó al carasol, donde la recibieron con reproches e insultos. La Jerónima lloraba (nadie la había visto llorar nunca), y decía que merecía que la mataran a pedradas; como a una culebra.

Pocos días más tarde, en el carasol, la Jerónima volvía a sus bufonadas mezclándolas con juramentos y amenazas.

Nadie sabía cuándo mataban a la gente. Es decir, lo sabían, pero nadie los veía. Lo hacían por la noche, y durante el día el pueblo parecía en calma.

Entre la aldea y el carasol habían aparecido abandonados cuatro cadáveres más, los cuatro de concejales.

Muchos de los habitantes estaban fuera de la aldea segando. Sus mujeres seguían yendo al carasol, y repetían los nombres de los que iban cayendo. A veces rezaban, pero después se ponían a insultar con voz recelosa a las mujeres de los ricos, especialmente a la Valeriana y a la Gumersinda. La Jerónima decía que la peor de todas era la mujer de Cástulo, y que por ella habían matado al zapatero.

—No es verdad –dijo alguien–. Es porque el zapatero dicen que era agente de Rusia.

Nadie sabía qué era la Rusia, y todos pensaban en la yegua roja de la tahona[88], a la que llamaban así. Pero aquello no tenía sentido. Tampoco lo tenía nada de lo que pasaba en el pueblo. Sin atreverse a levantar la voz comenzaban con sus dijendas:

—La Cástula es una verruga peluda.

—Una estaferma[89].

La Jerónima no se quedaba atrás:

—Un escorpión cebollero.

—Una liendre[90] sebosa.

—Su casa –añadía la Jerónima– huele a fogón meado.

Había oído decir que aquellos señoritos de la ciudad iban a matar a todos los que habían votado contra el rey. La Jerónima, en medio de la catástrofe, percibía algo mágico y sobrenatural, y sentía en todas partes el olor de sangre. Sin embargo, cuando desde el carasol oía las campanas y a veces el yunque del herrero haciendo contrapunto, no podía evitar algún meneo y bandeo de sayas. Luego maldecía otra vez, y llamaba patas puercas a la Gumersinda. Trataba de averiguar qué había sido de Paco el del Molino, pero nadie sabía sino que lo buscaban. La Jerónima se daba por enterada, y decía:

—A ese buen mozo no lo atraparán así como así.

Aludía otra vez a las cosas que había visto cuando de niño le cambiaba los pañales.

Desde la sacristía, mosén Millán recordaba la horrible confusión de aquellos días, y se sentía atribulado y confuso. Disparos por la noche, sangre, malas pasiones, habladurías, procacidades de aquella gente forastera, que, sin embargo, parecía educada. Y don Valeriano se lamentaba de lo que sucedía y al mismo tiempo empujaba a los señoritos de la ciudad a matar más gente. Pensaba el cura en Paco. Su padre estaba en aquellos días en casa. Cástulo Pérez lo había garantizado diciendo que era trigo limpio [91]. Los otros ricos no se atrevían a hacer nada contra él esperando echarle mano al hijo.

---

88   *Tahona*: Panadería.
89   *Estaferma*: Persona que está parada y como embobada y sin acción.
90   *Liendre*: Huevo de piojo, pegado al pelo.
91   *Trigo limpio*: Persona honesta.

Nadie más que el padre de Paco sabía dónde su hijo estaba. Mosén Millán fue a su casa.

—Lo que está sucediendo en el pueblo –dijo– es horrible y no tiene nombre.

El padre de Paco lo escuchaba sin responder, un poco pálido. El cura siguió hablando. Vio ir y venir a la joven esposa como una sombra, sin reír ni llorar. Nadie lloraba y nadie reía en el pueblo. Mosén Millán pensaba que sin risa y sin llanto la vida podía ser horrible como una pesadilla.

Por uno de esos movimientos en los que la amistad tiene a veces necesidad de mostrarse meritoria, mosén Millán dio la impresión de que sabía dónde estaba escondido Paco. Dando a entender que lo sabía, el padre y la esposa tenían que agradecerle su silencio. No dijo el cura concretamente que lo supiera, pero lo dejó entender. La ironía de la vida quiso que el padre de Paco cayera en aquella trampa. Miró al cura pensando precisamente lo que mosén Millán quería que pensara: "Si lo sabe, y no ha ido con el soplo, es un hombre honrado y enterizo[92]". Esta reflexión le hizo sentirse mejor.

A lo largo de la conversación el padre de Paco reveló el escondite del hijo, creyendo que no decía nada nuevo al cura. Al oírlo, mosén Millán recibió una tremenda impresión. "Ah –se dijo–, más valdría que no me lo hubiera dicho. ¿Por qué he de saber yo que Paco está escondido en las Pardinas?". Mosén Millán tenía miedo, y no sabía concretamente de qué. Se marchó pronto, y estaba deseando verse ante los forasteros de las pistolas para demostrarse a sí mismo su entereza y su lealtad a Paco. Así fue. En vano estuvieron el centurión y sus amigos hablando con él toda la tarde. Aquella noche mosén Millán rezó y durmió con una calma que hacía tiempo no conocía.

Al día siguiente hubo una reunión en el ayuntamiento, y los forasteros hicieron discursos y dieron grandes voces. Luego quemaron la bandera tricolor y obligaron a acudir todos los vecinos del pueblo y a saludar levantando el brazo cuando lo mandaba el centurión. Éste era un hombre con cara bondadosa y gafas oscuras. Era difícil imaginar a aquel hombre matando a nadie. Los campesinos creían que aquellos hombres que hacían gestos innecesarios y juntaban los tacones y daban gritos estaban mal de la cabeza, pero viendo a mosén Millán y a don

---

92   *Enterizo*: Valiente.

Valeriano sentados en lugares de honor, no sabían qué pensar. Además de los asesinatos, lo único que aquellos hombres habían hecho en el pueblo era devolver los montes al duque.

Dos días después don Valeriano estaba en la abadía frente al cura. Con los dedos pulgares en las sisas del chaleco –lo que hacía más ostensibles los dijes– miraba al sacerdote a los ojos.

—Yo no quiero el mal de nadie, como quien dice, pero ¿no es Paco uno de los que más se han señalado? Es lo que yo digo, señor cura: por menos han caído otros.

Mosén Millán decía:

—Déjelo en paz. ¿Para qué derramar más sangre?

Y le gustaba, sin embargo, dar a entender que sabía dónde estaba escondido. De ese modo mostraba al alcalde que era capaz de nobleza y lealtad. La verdad era que buscaban a Paco frenéticamente. Habían llevado a su casa perros de caza que tomaron el vierto con sus ropas y zapatos viejos.

El centurión de la cara bondadosa y las gafas oscuras llegó en aquel momento con dos más, y habiendo oído las palabras del cura, dijo:

—No queremos reblandecidos mentales. Estamos limpiando el pueblo, y el que no está con nosotros está en contra.

—¿Ustedes creen –dijo mosén Millán– que soy un reblandecido mental?

Entonces todos se pusieron razonables.

—Las últimas ejecuciones –decía el centurión– se han hecho sin privar a los reos de nada. Han tenido hasta la extremaunción. ¿De qué se queja usted?

Mosén Millán hablaba de algunos hombres honrados que habían caído, y de que era necesario acabar con aquella locura.

—Diga usted la verdad –dijo el centurión sacando la pistola y poniéndola sobre la mesa–. Usted sabe dónde se esconde Paco el del Molino.

Mosén Millán pensaba si el centurión habría sacado la pistola para amenazarle o sólo para aliviar su cinto de aquel peso. Era un movimiento que le había visto hacer otras veces. Y pensaba en Paco, a quien bautizó, a quien casó. Recordaba en aquel momento detalles nimios, como los búhos nocturnos y el olor de las perdices en adobo. Quizá de aquella respuesta dependiera la vida de Paco. Lo quería mucho, pero sus afectos no eran por el hombre en sí mismo, sino por Dios. Era el suyo un cariño por encima de la muerte y la vida. Y no podía mentir.

—¿Sabe usted dónde se esconde? –le preguntaban a un tiempo los cuatro.

Mosén Millán contestó bajando la cabeza. Era una afirmación. Podía ser una afirmación. Cuando se dio cuenta era tarde. Entonces pidió que le prometieran que no lo matarían. Podrían juzgarlo, y si era culpable de algo, encarcelarlo, pero no cometer un crimen más. El centurión de la expresión bondadosa prometió. Entonces mosén Millán reveló el escondite de Paco. Quiso hacer después otras salvedades en su favor, pero no le escuchaban. Salieron en tropel, y el cura se quedó solo. Espantado de sí mismo, y al mismo tiempo con un sentimiento de liberación, se puso a rezar.

Media hora después llegaba el señor Cástulo diciendo que el carasol se había acabado porque los señoritos de la ciudad habían echado dos rociadas de ametralladora, y algunas mujeres cayeron, y las otras salieron chillando y dejando rastro de sangre, como una bandada de pájaros después de una perdigonada. Entre las que se salvaron estaba la Jerónima, y al decirlo, Cástulo añadió:

—Ya se sabe. Mala hierba...

El cura, viendo reír a Cástulo, se llevó las manos a la cabeza, pálido. Y, sin embargo, aquel hombre no había denunciado, tal vez, el escondite de nadie. ¿De qué se escandalizaba? –se preguntaba el cura con horror–. Volvió a rezar. Cástulo seguía hablando y decía que había once o doce mujeres heridas, además de las que habían muerto en el mismo carasol. Como el médico estaba encarcelado, no era fácil que se curaran todas.

Al día siguiente el centurión volvió sin Paco. Estaba indignado. Dijo que al ir a entrar en las Pardinas el fugitivo los había recibido a tiros. Tenía una carabina de las de los guardas de montes, y acercarse a las Pardinas era arriesgar la vida.

Pedía al cura que fuera a parlamentar con Paco. Había dos hombres de la centuria heridos, y no quería que se arriesgara ninguno más.

Un año después mosén Millán recordaba aquellos episodios como si los hubiera vivido el día anterior. Viendo entrar en la sacristía al señor Cástulo –el que un año antes se reía de los crímenes del carasol– volvió a entornar los ojos y a decirse a sí mismo: "Yo denuncié el lugar donde Paco se escondía. Yo fui a parlamentar con él. Y ahora...". Abrió los ojos, y vio a los tres hombres sentados enfrente. El del centro, don Gumersindo, era un poco más alto que los otros. Las tres caras miraban impasibles a mosén Millán. Las campanas de la torre dejaron de tocar con tres golpes finales graves y espaciados, cuya vibración quedó en el aire un rato. El señor Cástulo dijo:

—Con los respetos debidos. Yo querría pagar la misa, mosén Millán.

Lo decía echando mano al bolsillo. El cura negó, y volvió a pedir al monaguillo que saliera a ver si había gente. El chico salió, como siempre, con el romance en su recuerdo:

En las zarzas del camino
el pañuelo se ha dejado,
las aves pasan deprisa,
las nubes pasan despacio...

Cerró una vez más mosén Millán los ojos, con el codo derecho en el brazo del sillón y la cabeza en la mano. Aunque había terminado sus rezos, simulaba seguir con ellos para que lo dejaran en paz. Don Valeriano y don Gumersindo explicaban a Cástulo al mismo tiempo y tratando cada uno de cubrir la voz del otro que también ellos habían querido pagar la misa.

El monaguillo volvía muy excitado, y sin poder decir a un tiempo todas las noticias que traía:

—Hay una mula en la iglesia –dijo, por fin.

—¿Cómo?

—Ninguna persona, pero una mula ha entrado por alguna parte, y anda entre los bancos.

Salieron los tres, y volvieron para decir que no era una mula, sino el potro de Paco el del Molino, que solía andar suelto por el pueblo. Todo el mundo sabía que el padre de Paco estaba enfermo, y las mujeres de la casa, medio locas. Los animales y la poca hacienda que les quedaba, abandonados.

—¿Dejaste abierta la puerta del atrio cuando saliste? —preguntaba el cura al monaguillo.

Los tres hombres aseguraban que las puertas estaban cerradas. Sonriendo agriamente añadió don Valeriano:

—Esto es una maula[93]. Y una malquerencia.

Se pusieron a calcular quién podía haber metido el potro en la iglesia. Cástulo hablaba de la Jerónima.

Mosén Millán hizo un gesto de fatiga, y les pidió que sacaran el animal, del templo. Salieron los tres con el monaguillo. Formaron una ancha fila, y fueron acosando al potro con los brazos extendidos. Don Valeriano decía que aquello era un sacrilegio, y que tal vez habría que consagrar el templo de nuevo. Los otros creían que no.

Seguían acosando al animal. En una verja —la de la capilla del Cristo— un diablo de forja parecía hacer guiños. San Juan en su hornacina alzaba el dedo y mostraba la rodilla desnuda y femenina. Don Valeriano y Cástulo, en su excitación, alzaban la voz como si estuvieran en un establo:

—¡Riiia! ¡Riiia!

El potro corría por el templo a su gusto. Las mujeres del carasol, si el carasol existiera, tendrían un buen tema de conversación. Cuando el alcalde y don Gumersindo acorralaban al potro, éste brincaba entre ellos y se pasaba al otro lado con un alegre relincho. El señor Cástulo tuvo una idea feliz:

—Abran las hojas de la puerta como se hace para las procesiones. Así verá el animal que tiene la salida franca.

El sacristán corría a hacerlo contra el parecer de don Valeriano que no podía tolerar que donde estaba, él tuviera iniciativa alguna el señor Cástulo. Cuando las grandes hojas estuvieron abiertas el potro miró extrañado aquel torrente de luz. Al fondo del atrio se veía la plaza de la aldea, desierta, con una casa pintada de amarillo, otra encalada, con cenefas azules. El sacristán llamaba al potro en la dirección de la salida. Por fin convencido el animal de que aquél no era su sitio, se marchó. El monaguillo recitaba todavía entre dientes:

... las cotovías se paran
en la cruz del camposanto.

---

93   *Maula*: Trampa, engaño

Cerraron las puertas, y el templo volvió a quedar en sombras. San Miguel con su brazo desnudo alzaba la espada sobre el dragón. En un rincón chisporroteaba una lámpara sobre el baptisterio[94].

Don Valeriano, don Gumersindo y el señor Cástulo fueron a sentarse en el primer banco.

El monaguillo fue al presbiterio, hizo la genuflexión[95] al pasar frente al sagrario y se perdió en la sacristía:

—Ya se ha marchado, mosén Millán.

El cura seguía con sus recuerdos de un año antes. Los forasteros de las pistolas obligaron a mosén Millán a ir con ellos a las Pardinas. Una vez allí dejaron que el cura se acercara solo.

—Paco –gritó con cierto temor–. Soy yo. ¿No ves que soy yo?

Nadie contestaba. En una ventana se veía la boca de una carabina. Mosén Millán volvió a gritar:

—Paco, no seas loco. Es mejor que te entregues. De las sombras de la ventana salió una voz:

—Muerto, me entregaré. Apártese y que vengan los otros si se atreven.

Mosén Millán daba a su voz una gran sinceridad:

—Paco, en el nombre de lo que más quieras, de tu mujer, de tu madre. Entrégate.

No contestaba nadie. Por fin se oyó otra vez la voz de Paco:

—¿Dónde están mis padres? ¿Y mi mujer?

—¿Dónde quieres que estén? En casa.

—¿No les ha pasado nada?

—No, pero, si tú sigues así, ¿quién sabe lo que puede pasar?

A estas palabras del cura volvió a suceder un largo silencio. Mosén Millán llamaba a Paco por su nombre, pero nadie respondía. Por fin, Paco se asomó. Llevaba la carabina en las manos. Se le veía fatigado y pálido.

—Contésteme a lo que le pregunte, mosén Millán.

—Sí, hijo.

—¿Maté ayer a alguno de los que venían a buscarme?

—No.

—¿A ninguno? ¿Está seguro?

—Que Dios me castigue si miento. A nadie.

---

94   *Baptisterio*: Lugar de la iglesia donde se encuentra la pila bautismal.
95   *Genuflexión*: Doblar la rodilla hasta tocar el suelo con ella. Se hace en la iglesia al pasar frente al altar.

Esto parecía mejorar las condiciones. El cura, dándose cuenta, añadió:

—Yo he venido aquí con la condición de que no te harán nada. Es decir, te juzgaran delante de un tribunal, y si tienes culpa, irás a la cárcel. Pero nada más.

—¿Está seguro?

El cura tardaba en contestar. Por fin dijo:

—Eso he pedido yo. En todo caso, hijo, piensa en tu familia y en que no merecen pagar por ti.

Paco miraba alrededor, en silencio. Por fin dijo:

—Bien, me quedan cincuenta tiros, y podría vender la vida cara. Dígales a los otros que se acerquen sin miedo, que me entregaré.

De detrás de una cerca se oyó la voz del centurión:

—Que tire la carabina por la ventana, y que salga.

Obedeció Paco.

Momentos después lo habían sacado de las Pardinas, y lo llevaban a empujones y culatazos al pueblo. Le habían atado las manos a la espalda. Andaba Paco cojeando mucho, y aquella cojera y la barba de quince días que le ensombrecía el rostro le daban una apariencia diferente. Viéndolo mosén Millán le encontraba un aire culpable. Lo encerraron en la cárcel del municipio.

Aquella misma tarde los señoritos forasteros obligaron a la gente a acudir a la plaza e hicieron discursos que nadie entendió, hablando del imperio y del destino inmortal y del orden y de la santa fe. Luego cantaron un himno con el brazo levantado y la mano extendida, y mandaron a todos retirarse a sus casas y no volver a salir hasta el día siguiente bajo amenazas graves.

Cuando no quedaba nadie en la plaza, sacaron a Paco y a otros dos campesinos de la cárcel, y los llevaron al cementerio, a pie. Al llegar era casi de noche. Quedaba detrás, en la aldea, un silencio temeroso. El centurión, al ponerlos contra el muro, recordó que no se habían confesado, y envió a buscar a mosén Millán. Éste se extrañó de ver que lo llevaban en el coche del señor Cástulo. (Él lo había ofrecido a las nuevas autoridades.) El coche pudo avanzar hasta el lugar de la ejecución. No se había atrevido mosén Millán a preguntar nada. Cuando vio a Paco, no sintió sorpresa alguna, sino un gran desaliento. Se confesaron los tres.

Uno de ellos era un hombre que había trabajado en casa de Paco. El pobre, sin saber lo que hacía, repetía fuera de sí una vez y otra entre dientes: "Yo me acuso, padre..., yo me acuso, padre...". El mismo coche del señor Cástulo servía de confesionario, con la puerta abierta y el sacerdote sentado dentro. El reo se arrodillaba en el estribo. Cuando mosén Millán decía *ego te absolvo*, dos hombres arrancaban al penitente y volvían a llevarlo al muro. El último en confesarse fue Paco.

—En mala hora lo veo a usted –dijo al cura con una voz que mosén Millán no le había oído nunca–. Pero usted me conoce, mosén Millán. Usted sabe quién soy.

—Sí, hijo.

—Usted me prometió que me llevarían a un tribunal y me juzgarían.

—Me han engañado a mí también. ¿Qué puedo hacer? Piensa, hijo, en tu alma, y olvida, si puedes, todo lo demás.

—¿Por qué me matan? ¿Qué he hecho yo? Nosotros no hemos matado a nadie. Diga usted que yo no he hecho nada. Usted sabe que soy inocente, que somos inocentes los tres.

—Sí, hijo. Todos sois inocentes; pero ¿qué puedo hacer yo?

—Si me matan por haberme defendido en las Pardinas, bien. Pero los otros dos no han hecho nada. Paco se agarraba a la sotana de mosén Millán, y repetía: "No han hecho nada, y van a matarlos. No han hecho nada". Mosén Millán, conmovido hasta las lágrimas, decía:

—A veces, hijo mío, Dios permite que muera un inocente. Lo permitió de su propio Hijo, que era más inocente que vosotros tres.

Paco, al oír estas palabras, se quedó paralizado y mudo. El cura tampoco hablaba. Lejos, en el pueblo, se oían ladrar perros y sonaba una campana. Desde hacía dos semanas no se oía sino aquélla campana día y noche. Paco dijo con una firmeza desesperada:

—Entonces, si es verdad que no tenemos salvación, mosén Millán, tengo mujer. Está esperando un hijo. ¿Qué será de ella? ¿Y de mis padres?

Hablaba como si fuera a faltarle el aliento, y le contestaba mosén Millán con la misma prisa enloquecida, entre dientes. A veces pronunciaban las palabras de tal manera, que no se entendían, pero había entre ellos una relación de sobrentendidos. Mosén Millán hablaba atro-

pelladamente de los designios de Dios, y al final de una larga lamen-
tación preguntó:

—¿Te arrepientes de tus pecados?

Paco no lo entendía. Era la primera expresión del cura que no entendía. Cuando el sacerdote repitió por cuarta vez, mecánicamente, la
pregunta, Paco respondió que sí con la cabeza. En aquel momento
mosén Millán alzó la mano, y dijo: *Ego te absolvo in...* Al oír estas palabras dos hombres tomaron a Paco por los brazos y lo llevaron al muro
donde estaban ya los otros. Paco gritó:

—¿Por qué matan a estos otros? Ellos no han hecho nada.

Uno de ellos vivía en una cueva, como aquel a quien un día llevaron la unción. Los faros del coche –del mismo coche donde estaba
mosén Millán– se encendieron, y la descarga sonó casi al mismo tiempo
sin que nadie diera órdenes ni se escuchara voz alguna. Los otros dos
campesinos cayeron, pero Paco, cubierto de sangre, corrió hacia el
coche.

—Mosén Millán, usted me conoce –gritaba enloquecido.

Quiso entrar, no podía. Todo lo manchaba de sangre. Mosén
Millán callaba, con los ojos cerrados y rezando. El centurión puso su
revólver detrás de la oreja de Paco, y alguien dijo alarmado:

—No. ¡Ahí no!

Se llevaron a Paco arrastrando. Iba repitiendo en voz ronca:

—Pregunten a mosén Millán; él me conoce.

Se oyeron dos o tres tiros más. Luego siguió un silencio en el cual
todavía susurraba Paco: "Él me denunció... Mosén Millán, mosén
Millán...".

El sacerdote seguía en el coche, con los ojos muy abiertos, oyendo
su nombre sin poder rezar. Alguien había vuelto a apagar las luces del
coche.

—¿Ya? –preguntó el centurión.

Mosén Millán bajó y, auxiliado por el monaguillo, dio la extremaunción a los tres. Después un hombre le dio el reloj de Paco –regalo
de boda de su mujer– y un pañuelo de bolsillo.

Regresaron al pueblo. A través de la ventanilla, mosén Millán
miraba al cielo y, recordando la noche en que con el mismo Paco fue a
dar la unción a las cuevas, envolvía el reloj en el pañuelo, y lo con-

servaba cuidadosamente con las dos manos juntas. Seguía sin poder
rezar. Pasaron junto al carasol desierto. Las grandes rocas desnudas parecían juntar las cabezas y hablar. Pensando mosén Millán en los campesinos muertos, en las pobres mujeres del carasol, sentía una especie
de desdén involuntario, que al mismo tiempo le hacía avergonzarse y
sentirse culpable.

Cuando llegó a la abadía, mosén Millán estuvo dos semanas sin
salir sino para la misa. El pueblo entero estaba callado y sombrío, como
una inmensa tumba. La Jerónima había vuelto a salir, e iba al carasol,
ella sola, hablando para sí. En el carasol daba voces cuando creía que
no podían oírla, y otras veces callaba y se ponía a contar en las rocas
las huellas de las balas.

Un año había pasado desde todo aquello, y parecía un siglo. La
muerte de Paco estaba tan fresca, que mosén Millán creía tener todavía
manchas de sangre en sus vestidos. Abrió los ojos y preguntó al monaguillo:

—¿Dices que ya se ha marchado el potro?

—Sí, señor.

Y recitaba en su memoria, apoyándose en un pie y luego en el otro:

… y rindió el postrer suspiro
al Señor de lo creado. –Amén.

En un cajón del armario de la sacristía estaba el reloj y el pañuelo
de Paco. No se había atrevido mosén Millán todavía a llevarlo a los
padres y a la viuda del muerto.

Salió al presbiterio[96] y comenzó la misa. En la iglesia no había
nadie, con la excepción de don Valeriano, don Gumersindo y el señor
Cástulo. Mientras recitaba mosén Millán, *introito ad altare Dei*, pensaba
en Paco, y se decía: "Es verdad. Yo lo bauticé, yo le di la unción. Al
menos –Dios lo perdone– nació, vivió y murió dentro de los ámbitos
de la Santa Madre Iglesia". Creía oír su nombre en los labios del agonizante caído en tierra: "… mosén Millán". Y pensaba aterrado y en-
ternecido al mismo tiempo: "Ahora yo digo en sufragio[97] de su alma
esta misa de réquiem, que sus enemigos quieren pagar".

---

96   *Presbiterio*: Zona de la iglesia desde donde está el altar hasta las primeras gradas.
97   *Sufragio*: Obra buena a beneficio de las almas del purgatorio.

Apéndice bibliográfico

Obras de Ramón J. Sender

Novela

Imán. 1930.
El verbo se hizo sexo (Teresa de Jesús). 1931.
O.P. (Orden Público). 1931.
Siete domingos rojos. 1932.
La noche de las cien cabezas: Novela del tiempo en delirio. 1934.
Míster Witt en el Cantón. 1936.
Primera de acero. 1937.
Contraataque. 1938.
El lugar del hombre. 1939.
Proverbio de la muerte. 1939.
Crónica del alba. 1942. (*Crónica del alba.* 1)
Epitalamio del prieto Trinidad. 1942.
La esfera. 1947 [Nueva versión de *Proverbio de la muerte* (1939)].
El rey y la reina. 1948.
El vado: Novela inédita. 1948.
El verdugo afable. 1952.
Mosén Millán. 1953.
Hipogrifo violento. 1954. (*Crónica del alba.* 2)
Ariadna: novela. 1955.
Bizancio. 1956.
La Quinta Julieta. 1957. (*Crónica del alba.* 3)
Los cinco libros de Ariadna. 1957.

El lugar de un hombre: Novela (segunda edición revisada). 1958.

Emen Hetan (Aquí estamos). 1958.

Los laureles de Anselmo: Novela dialogada. 1958.

El mancebo y los héroes. 1960. (*Crónica del alba.* 4)

Réquiem por un campesino español. 1960.

Novelas ejemplares de Cíbola. 1961.

La luna de los perros. 1962.

La tesis de Nancy. 1962.

Carolus Rex: Carlos II El Hechizado. 1963.

La onza de oro. 1963. (*Crónica del alba.* 5)

Los niveles del existir. 1963. (*Crónica del alba.* 6)

La aventura equinocial de Lope de Aguirre: Antiepopeya. 1964.

El bandido adolescente. 1965.

El sosia y los delegados. 1965.

Los términos del presagio. 1967. (*Crónica del alba.* 7)

La orilla donde los locos sonríen. 1967. (*Crónica del alba.* 8)

La vida comienza ahora. 1967. (*Crónica del alba.* 9)

Las criaturas saturnianas. 1968.

En la vida de Ignacio Morel. 1969.

La esfera. 1969. [Nueva edición]

Nocturno de los 14. 1969.

Tres ejemplos de amor y una teoría. 1969.

Zu, el ángel anfibio: Novela. 1970.

La antesala. 1971.

El fugitivo. 1972.

Tánit. 1970.

Túpac Amaru. 1973.

Una virgen llama a tu puerta. 1973.

Cronus y la señora con rabo. 1974.

La mesa de las tres moiras: Novela. 1974.

Las Tres Sorores. 1974.

Nancy y el Bato loco. 1974.

Nancy, doctora en gitanería. 1974.

Arlene y la gaya ciencia. 1976.

El pez de oro. 1976.

El alarido de Yaurí. 1977.

El mechudo y la llorona. 1977.

Gloria y vejamen de Nancy. 1977.

Adela y yo. 1978.

El superviviente. 1978.

Epílogo a Nancy: Bajo el signo de Taurus. 1979.

La mirada inmóvil. 1979.

Por qué se suicidan las ballenas. Bajo el signo de Sagitario. 1979.

La muñeca en la vitrina. Bajo el signo de Virgo. 1980.

Luz zodiacal en el parque: Bajo el signo de Acuario. 1980.

Monte Odina. 1980.

Ramú y los animales propicios. 1980.

Saga de los suburbios: Bajo el signo de Escorpio. 1980.

Una hoguera en la noche: Bajo el signo de Aries. 1980.

Chandrío en la plaza de las Cortes: Fantasía evidentísima. 1981.

El oso malayo: Bajo el signo de Leo. 1981.

La cisterna de Chichén-Itzá. 1981.

Las efemérides: Bajo el signo de Libra. 1981.

Memorias bisiestas: Bajo el signo de Sagitario. 1981.

Orestíada de los pingüinos. Bajo el signo de Piscis. 1981.

Álbum de radiografías secretas. 1982.

El jinete y la yegua nocturna. 1982.

La Kermesse de los alguaciles: Bajo el signo de Géminis. 1982.

Hugues y el once negro. 1984.

Toque de queda. 1985.

CUENTO Y NOVELA CORTA

Crónica del pueblo en armas (Historias para niños). 1936.

Mexicayotl. 1940.

[«Tototl o el Valle», «El Puma», «Xocoyotl o el Desierto», «El
    Águila», «Nanyotl o la Montaña», «Los Peces», «Ecatl o el
    Lago», «El Zopilote», «Navalatl o el Volcán»].

La llave: Novela. 1960.

Los tontos de la Concepción: Crónica misionera. 1963.

Cabrerizas Altas. 1965

[«Cabrerizas Altas», «El Tonatiu» y «Las rosas de Pasadena»]

La llave y otras narraciones. 1967.

[«La llave», «La hija del doctor Velasco», «La fotografía de aniversario», «El pelagatos y la flor de nieve» y «May-Lou»].

Las gallinas de Cervantes y otras narraciones parabólicas. 1967

[«Las gallinas de Cervantes», «El sosia y los delegados», «Parábola de Jesús y el inquisidor» y «Aventura del Ángelus I»].

Tres novelas teresianas. 1967

[«La puerta grande», «La princesa bisoja» y «En la misa de fray Hernando»].

El extraño señor Photynos y otras novelas americanas. 1968.

[«El extraño señor Photynos», «Los tontos de La Concepción», «El amigo que compró un Picasso», «La luz roja» y «Las rosas de Pasadena»].

Novelas del otro jueves. 1969.

[«El regreso de Edelmiro», «Las gallinas de Cervantes», «El sosia y los delegados», «El Urucucú», «Jesús y el Inquisidor», «El viaducto» y «Aventura del Ángelus I»]

Relatos fronterizos. 1970.

[«Aventura de Texas», «Adiós, pájaro negro», «Utrillo», «En el Grand Canyon», «Chesman», «A bordo de un avión», «El calendario azteca», Despedida en Bourg Madame», «Gaceta del acabamiento de Nevendorf», «Un seudo», «La guerra», «Manuela en Copacabana», «Pantera negra», «Germinal», «Aquel día en El Paso», «De las memorias del profesor N» y «Velada en Acapulco»].

Ensayo

El problema religioso en México: Católicos y cristianos. 1928.
La República y la cuestión religiosa. 1932.
Carta de Moscú sobre el amor: A una muchacha española. 1934.
Historia de un día de la vida española. 1935.
Unamuno, Valle-Inclán, Baroja y Santayana: ensayos críticos. 1955.
Examen de ingenios, los noventayochos: Ensayos críticos. 1961.

Valle-Inclán y la dificultad de la tragedia. 1965.
Ensayos sobre el infringimiento cristiano. 1967.
Ensayos del otro mundo. 1970.
Examen de ingenios, los noventayochos: Ensayos críticos (segunda edición corregida y aumentada). 1971.
El futuro comenzó ayer: Lecturas mosaicas. 1974
Ver o no ver: Reflexiones sobre la pintura española. 1980

Teatro

El secreto; drama en un acto. 1935.
Hernán Cortés: Retablo en dos partes y once cuadros. 1940.
El diantre; tragicomedia para el cine según un cuento de Andreiev. 1958.
Jubileo en el Zócalo: Retablo conmemorativo. 1964.
Don Juan en la mancebía: Drama litúrgico en cuatro actos. 1968.
Comedia del diantre y otras dos. 1969.
Donde crece la marihuana: drama en cuatro actos. 1973.

Poesía

Las imágenes migratorias: Poesía. 1960.
Libro armilar de poesía y memorias bisiestas. 1974.

Colecciones de artículos

Teatro de masas (Colección de artículos)., 1931.
Casas Viejas (Episodios de la lucha de clases) (Colección de artículos). 1933.
Madrid-Moscú. Notas de viaje (1933-1934) (Colección de artículos). 1934.
Proclamación de la sonrisa (Colección de artículos). 1934.
Viaje a la aldea del crimen. Documental de Casas Viejas (Colección de artículos).

BIBLIOGRAFÍA

La bibliografía sobre Ramón J. Sender es ingente. Los trabajos de Elizabeth Espadas que citamos más abajo son buena muestra de ello. En este repertorio nos hemos limitado a los estudios que se refieren a Sender como narrador y a las claves de su novelística y a aquellos que estudian, de una manera u otra, el *Réquiem por un campesino español*

Abuelata, Mohammad. (1992) «Aspectos técnicos en la narrativa de Ramón J. Sender (1930-1936)». *Alazet*, (4), 11-57.

Aznar Soler, Manuel. (1997) «"El puente imposible": el lugar de Sender en la polémica sobre el exilio español de 1939», en Juan Carlos Ara Torralba y Fermín Gil Encabo (eds.), *El lugar de Sender. Actas del I Congreso sobre Ramón J, Sender* Huesca: Instituto de Estudios Altoaragoneses; Zaragoza: Institución Fernando el Católico, pp. 279-294.

Bonet Mújica, Laureano. (1982) «Ramón J. Sender, la neblina y el paisaje sangriento: una lectura de mosén *Millán*» Ínsula, (424) 1

Carrasquer Launed, Francisco. (1968) *«Imán» y la novela histórica de Ramón J. Sender.* Amsterdam: Universidad de Ámsterdam.
———. (1982) *La verdad de Ramón J. Sender.* Leiden, Holanda: Cinca
———. (1992) «Sender por sí mismo». *Alazet*, (4) 69-122.

————. «El pensamiento íntimo de Sender». (1992) *Rolde. Revista de cultura aragonesa*, (60) 29-38.

————. (1994) *La integral de ambos mundos: Sender.* Zaragoza: Prensas Universitarias

————. (1994) «Sender por Sender» *Alazet*, (6) 257-260.

————. (1997) «¿Escribir por pensar o pensar por escribir? La filosofía senderiana acude a los puntos de la pluma o al toque de las teclas», en Juan Carlos Ara Torralba y Fermín Gil Encabo (eds.), *El lugar de Sender. Actas del I Congreso sobre Ramón J, Sender* Huesca: Instituto de Estudios Altoaragoneses; Zaragoza: Institución Fernando el Católico, pp. 159-180.

————. (2001) *Sender en su siglo. Antología de textos críticos sobre Ramón J. Sender*. Edición de Javier Barreiro. Huesca: Instituto de Estudios Altoaragoneses

Castillo-Puche, José Luis. (1985) *Ramón J. Sender: el distanciamiento del exilio*. Barcelona: Destino.

Caudet, Francisco. (1997) «Sender en Albuquerque: la soledad de un corredor de fondo», en Juan Carlos Ara Torralba y Fermín Gil Encabo (eds.), *El lugar de Sender. Actas del I Congreso sobre Ramón J, Sender* Huesca: Instituto de Estudios Altoaragoneses; Zaragoza: Institución Fernando el Católico, pp. 141-158.

Collard, Patrick. (1980) *Ramón J. Sender en los años 1930-1936. Sus ideas sobre la relación entre literatura y sociedad*. Gante: Rijksuniversiteit te Gent.

————. (1980) «Las primeras reflexiones de Ramón Sender sobre el realismo», en *Actas del Sexto Congreso Internacional de Hispanistas*. Toronto: University of Toronto, pp. 179-182.

————. (1982) «Ramón J. Sender y la Segunda República». *Ínsula*, (424) 1 y 12.

————. (1997) «Descripción y función del paisaje en Imán », en Juan Carlos Ara Torralba y Fermín Gil Encabo (eds.), *El lugar de Sender. Actas del I Congreso sobre Ramón J, Sender* Huesca: Instituto de Estudios Altoaragoneses; Zaragoza: Institución Fernando el Católico, pp. 197-215.

Compitello, Malcolm A. (1998) «Sender and the Novel of Memory. Notes toward an Articulation», en Marshall J. Schneider y Mary S. Vásquez (eds.), *Ramón J. Sender y sus coetáneos. Homenaje a Charles L. King.* Huesca: Instituto de Estudios Altoaragoneses; Davidson: Davidson College, pp. 185-192.

Conte, Rafael. (1968) «En torno a Crónica del alba». *Cuadernos Hispanoamericanos*, (217) pp. 119-124.
———. (1977) «La odisea narrativa de Ramón J. Sender. Principios y finales de su novela». *Ínsula*, (363) 5 y 10.

Delgado Echevarría, Javier y Mastral Gascón de Gotor, Ana (2001) «Ramón J. Sender, campesino aragonés» en *Sender y su tiempo: crónica de un siglo. Actas del II congreso sobre Ramón J. Sender.* Huesca. pp 543-556

Dueñas Lorente, José Domigo. (1986) «Obra periodística de Ramón J. Sender (1924-1936)». *Argensola*, (100) 5-58.
———. (1992) «Ramón J. Sender en los años veinte. Detalles de un aprendizaje». *Alazet*, (4) 133-150.
———. (1994) *Ramón J. Sender (1924-1939): periodismo y compromiso.* Huesca: Instituto de Estudios Altoaragoneses
———. (1997) «Ramón J. Sender, periodista: el aprendizaje de la persuasión», en Juan Carlos Ara Torralba y Fermín Gil Encabo (eds.), *El lugar de Sender. Actas del I Congreso sobre Ramón J, Sender.* Huesca: Instituto de Estudios Altoaragoneses; Zaragoza: Institución Fernando el Católico, pp. 45-64.

Elorza, Antonio. (1997) «Ramón J. Sender, entre dos revoluciones (1932-1934)», en Juan Carlos Ara Torralba y Fermín Gil Encabo (eds.), *El lugar de Sender. Actas del I Congreso sobre Ramón J, Sender* Huesca: Instituto de Estudios Altoaragoneses; Zaragoza: Institución Fernando el Católico, pp. 65-84.

Escartín Arilla, Ana (2001) «La literatura como compromiso: Ramón J. Sender y Max Aub» en *Sender y su tiempo: crónica de un siglo. Actas del II congreso sobre Ramón J. Sender.* Huesca. pp 351-360

Espadas, Elizabeth. (1974) «Ensayo de una bibliografía sobre la obra de Ramón J. Sender. Estudios sobre su obra en general » *Papeles de Son Armadans*. (CCXX) 91-104

———. (1974) «Ensayo de una bibliografía sobre la obra de Ramón J. Sender. Estudios sobre sus obras individuales» *Papeles de Son Armadans*. (CCXXI-CCXXII) 232-262

———. (1975) «Ensayo de una bibliografía sobre la obra de Ramón J. Sender. Addendum » *Papeles de Son Armadans*. (CCXXIII-CCXXIV) 246-259

———. (1987) «La visión crítica de la obra de Ramón J. Sender: Ensayo bibliográfico». En Vázquez, Mary S. (ed) *Homenaje a Ramón J. Sender*. Newark, Delaware: Juan de la Cuesta, pp. 227-287.

———. (1994) «De la literatura a la pantalla: Ramón J. Sender y el cine». *Letras Peninsulares*, n.º 7.1 (primavera de 1994), pp. 221-238.

———. (1995) «Ramón J. Sender: Bibliografía de ediciones y traducciones». *Alazet,* (7) 221-238.

———. (1997) «El reto senderiano a los críticos literarios: consideraciones sobre el lugar de los bibliógrafos», en Juan Carlos Ara Torralba y Fermín Gil Encabo (eds.), *El lugar de Sender. Actas del I Congreso sobre Ramón J, Sender* Huesca: Instituto de Estudios Altoaragoneses; Zaragoza: Institución Fernando el Católico, pp. 85-104.

———. (1998) «Cultura, naturaleza y tecnología en la obra americana de Sender», en Marshall J. Schneider y Mary S. Vásquez (eds.), *Ramón J. Sender y sus coetáneos. Homenaje a Charles L. King*. Huesca: Instituto de Estudios Altoaragoneses; Davidson: Davidson College, pp. 117-124.

———. (1998) «La visión crítica de la obra de Ramón J. Sender. Ensayo bibliográfico. Suplemento (1985-1998) y addendum». en Marshall J. Schneider y Mary S. Vásquez (eds.), *Ramón J. Sender y sus coetáneos. Homenaje a Charles L. King*. Huesca: Instituto de Estudios Altoaragoneses; Davidson: Davidson College, pp. 229-401.

Esteve Juárez, Luis A. (1997) «Ramón Sender y Dostoyevski: algunas coincidencias», en Juan Carlos Ara Torralba y Fermín Gil Encabo (eds.), *El lugar de Sender. Actas del I Congreso sobre Ramón J, Sender* Huesca: Instituto de Estudios Altoaragoneses; Zaragoza: Institución Fernando el Católico, pp. 367-375.

García, Carlos Javier. (2001) «La ausencia de interlocutor de mosén Millán» en *Sender y su tiempo: crónica de un siglo. Actas del II congreso sobre Ramón J. Sender*. Huesca. pp 423-428

Hernández, Frances. (1998) «Two European Exiles: Stefan Zweig and Ramón Sender», en Marshall J. Schneider y Mary S. Vásquez (eds.), *Ramón J. Sender y sus coetáneos. Homenaje a Charles L. King*. Huesca: Instituto de Estudios Altoaragoneses; Davidson: Davidson College, pp. 97-116.

Hernández Martínez. Manuel (1997) «*Réquiem por un campesino español* o la lectura como resurrección de una guerra muerta: desarrollo de una experiencia de educación en valores en enseñanza secundaria» en Juan Carlos Ara Torralba y Fermín Gil Encabo (eds.), *El lugar de Sender. Actas del I Congreso sobre Ramón J, Sender*. Huesca: Instituto de Estudios Altoaragoneses; Zaragoza: Institución Fernando el Católico, pp. 385-390.

Jones, Margaret E.W. (1997) «El último Sender: una mitología nueva para "nuestros tiempos incongruentes"», en Juan Carlos Ara Torralba y Fermín Gil Encabo (eds.), *El lugar de Sender. Actas del I Congreso sobre Ramón J, Sender*. Huesca: Instituto de Estudios Altoaragoneses; Zaragoza: Institución Fernando el Católico, pp. 217-234.
————. (1998) «The Strategies of Silence in Réquiem por un campesino español», en Marshall J. Schneider y Mary S. Vásquez (eds.), *Ramón J. Sender y sus coetáneos. Homenaje a Charles L. King*. Huesca: Instituto de Estudios Altoaragoneses; Davidson: Davidson College, pp. 163-184.

Jover, José María. (1987) «Introducción biográfica y crítica» a Ramón J. Sender, *Míster Witt en el Cantón*. Madrid: Castalia, pp. 7-149.

————. (1997) *Historia y civilización*. Valencia: Universidad de Valencia.

————. (2002) *Historia, biografía y novela en el primer Sender*. Madrid: Castalia.

King, Charles L. (1967) «Una bibliografía senderiana española (1928-1967)». *Hispania*, (50) 629-645.

————. (1967) «Surrealism in Two Novels by Sender». *Hispania*, (51/2). 244-251.

————. (1970) «A senderian bibliography in English, 1950-1968, with an Addendum». *The American Book Collector*, (20/6) 23-29.

————. (1974) *Ramón J. Sender*. Nueva York: Twayne

————. (1976) *Ramón J. Sender: An annotated bibliography, 1928-1974*. Metuchen, Nueva Jersey: The Scarecrow Press.

————. (1983) «A partial addendum (1975-1982) to Ramon J. Sender: An annotated bibliography». *Hispania*,(66/2) 209-216

————. (1992) «Colofón». *Alazet*, (4) 151-153.

Krow-Lucal, Martha G. (1993) «El esperpento de mosén Millán: a reflextion of Valle Inclán in Sender» *Hispanic Review* (3) 391-402

Luan Martín, Emiliano (1986) «La memoria de mosén Millán. Análisis del tiempo histórico en el *Réquiem* de Ramón J. Sender». *Revista de Literatura* (48/95) 129-136

Mainer, José-Carlos. (1966) «Actualidad de Sender». *Ínsula*, (231) 1 y 12.

————. (1974) «Crítica de la razón cotidiana. Visita al Sender que nos visita». Camp de l'Arpa, (12) 27-30.

————. (1982) «Antropología del mito: El rey y la reina», en AA.VV, *Homenaje a José Manuel Blecua*. Madrid: Gredos, pp. 389-403.

————. (1982) «Ramón J. Sender: elementos de topografía narrativa». *Andalán,* (350) pp. 20-21.

————. (1982) «Sender, entre la novela y el teatro». *Revista de cultura y vida universitaria*, (9) 21-22.

————. (1983) «La narrativa de Ramón J. Sender: la tentación escénica». *Bulletin Hispanique*, (LXXXV, n.° 3-4) 325-343.

————. (1983) «Resituación de Ramón J. Sender», prólogo a *Ramón J. Sender. In memoriam. Antología crítica*. Edición al cuidado de José-Carlos Mainer. Zaragoza: Diputación General de Aragón, pp. 7-23.

————. (1986) «Proclamación de la sonrisa: Una crónica de los años inciertos». *Turia*, (2-3). 17-23.

————. (1988) «Ramón J. Sender, un misterio plural inextinguible», en Guillermo Fatás (coord.), *Aragón en el mundo*. Zaragoza: Caja de Ahorros de la Inmaculada, 399-406.

————. (1994) «El territorio de la infancia y las fuentes de la autobiografía senderiana», en AA.VV. *III Curso sobre lengua y literatura en Aragón (siglos XVIII-XX)*. Zaragoza: Institución Fernando el Católico, pp. 139-159.

————. (1997) «El héroe cansado: Sender en 1968-1970», en Juan Carlos Ara Torralba y Fermín Gil Encabo (eds.), *El lugar de Sender. Actas del I Congreso sobre Ramón J, Sender*. Huesca: Instituto de Estudios Altoaragoneses; Zaragoza: Institución Fernando el Católico, pp. 27-44.

Mainer, José Carlos (ed.). (1983) *Ramón J. Sender. In memoriam. Antología crítica*. Zaragoza: Diputación General de Aragón.

Mañá Delgado, Gemma y Esteve Juárez, Luis A. (1992) «Nueva aproximación a Réquiem por un campesino español». *Alazet*, (4) 163-179.

————. (2000) *Guía de lectura. Réquiem por un campesino español*. Huesca. Instituto de estudios altoaragoneses

McDermott, Patricia. (1997). «*Réquiem por un campesino español*: summa narrativa de Ramón J. Sender» en Juan Carlos Ara Torralba y Fermín Gil Encabo (eds.), *El lugar de Sender. Actas del I Congreso sobre Ramón J, Sender* Huesca: Instituto de Estudios Altoaragoneses; Zaragoza: Institución Fernando el Católico, pp. 377-384.

Nonoyama, Michiko. (1979) *El anarquismo en las obras de Ramón J. Sender*. Madrid: Playor.

Nora, Eugenio G. de. (1958) «La novela social de preguerra», en *La novela española contemporánea*. Tomo II, cap. IX. Madrid: Gredos, pp. 465-478.

O'Brien, Mary Eide. (1998) «Fantasy and the Ideal in Sender's Fiction», en Marshall J. Schneider y Mary S. Vásquez (eds.), *Ramón J. Sender y sus coetáneos. Homenaje a Charles L. King.* Huesca: Instituto de Estudios Altoaragoneses; Davidson: Davidson College.

Paúles Sánchez, Susana. (1999) «Una escenografía goyesca en la literatura de Ramón J. Sender» *Alazet* (11) 33-46

Peñuelas, Marcelino C. (1969) «Sobre el estilo de Sender en Imán». *Ínsula*, (269) 1 y 12.
———. (1970) *Conversaciones con Ramón J. Sender*. Madrid: Editorial Magisterio Español.
———. (1971) *La obra narrativa de Ramón J. Sender. Carta-prólogo de Ramón J. Sender.* Madrid: Gredos.

Pérez Carrera, José María (1988) *Guía de lectura de Réquiem por un campesino español*. Madrid: Akal.

Pini Moro, Donatella. (1986) «¿Degradación de Sender en 1936?», *Andalán*, (459-460) 29-31.
———. (1994) *Ramón J. Sender tra la guerra e l'esilio.* Alessandria: Edizioni dell'Orso
———. (1997) «La participación de Sender en la guerra de España: evidencias y dudas», en Juan Carlos Ara Torralba y Fermín Gil Encabo (eds.), *El lugar de Sender. Actas del I Congreso sobre Ramón J, Sender* Huesca: Instituto de Estudios Altoaragoneses; Zaragoza: Institución Fernando el Católico, pp. 235-251.

Porrúa, María del Carmen. (1989) «Tres novelas de la guerra civil». *Cuadernos Hispanoamericanos* (473-474) 45-57.

Puyol Ibort, Ester. (1993) «Ensayo de bibliografía senderiana. Parte 2: Artículos localizados en los fondos del Proyecto Sender (Segundo borrador)». *Alazet*, (5) 193-212.

Ressot, Jean-Pierre. (1975) «De Sender à Malraux» en *Mélanges offerts à Charles Vincent Aubrun*, II. París: Éditions Hispaniques, pp. 195-203.

──────. (1977) «Ramón J. Sender, escritor primerizo ("Las brujas del compromiso")». *Revista de la Universidad Complutense* (108) 249-261.

──────. (1997) «La escritura simbólica de Ramón J. Sender en La mirada inmóvil», en Juan Carlos Ara Torralba y Fermín Gil Encabo (eds.), *El lugar de Sender. Actas del I Congreso sobre Ramón J, Sender* Huesca: Instituto de Estudios Altoaragoneses; Zaragoza: Institución Fernando el Católico, pp. 105-120.

Rivas, Josefa. (1967) *El escritor y su senda. Estudio crítico-literario sobre Ramón Sender*. México D.F.: Editores Mexicanos Unidos.

Rodríguez Gutiérrez, Borja (2005) «Reiteración y simbolismo en *Réquiem por un campesino español* de Ramón J. Sender» *Boletín de la asociación de profesores de español "Gerardo Diego"* (11) 10-19

Rodríguez Monegal, Emir. (1971) *Tres testigos españoles de la guerra civil. Max Aub, Ramón Sender, Arturo Barea*. Caracas: Monte Ávila Editores.

Rubia Barcia, José. (1988) «Réquiem por Ramón J. Sender». AA.VV., *Destierros aragoneses, II, El exilio del siglo XIX y la guerra civil*. Zaragoza: Institución Fernando el Católico, pp. 115-133.

Rufat, Ramón. (1992) «El sentimiento religioso en Ramón J. Sender». *Alazet* (4) 181-186.

Sánchez Vidal, Agustín. (1982) «Ramón J. Sender: Un catalizador». *Andalán*, (350) 32-33.

Schneider, Marshall J. (1983) «Politics, aesthetics and thematic structure in two novels of Ramón J. Sender». *Hispanic Journal*, (4/2) 29-41.

──────. (1997) «Dos Hogueras en la noche (1923 y 1980) de Ramón J. Sender: de inclinaciones modernistas a estrategias posmodernistas», en Juan Carlos Ara Torralba y Fermín Gil Encabo (eds.), *El lugar de Sender. Actas del I Congreso sobre Ramón J, Sender* Huesca: Instituto de Estudios Altoaragoneses; Zaragoza: Institución Fernando el Católico, pp. 517-525.

————. (2001) «The antifascist impulse in Two novels of Ramón J. Sender: Genre, Gender and Interpretation» Letras peninsulares (14) 33-42

Serrano Lacarra, Carlos. (1989) «*Réquiem por un campesino español* o el adiós a la historia de Ramón J. Sender» *Revista hispánica moderna* (42/2) 137-150

————. (1997) «Sender, Eros, don Juan y la revolución», en Juan Carlos Ara Torralba y Fermín Gil Encabo (eds.), *El lugar de Sender. Actas del I Congreso sobre Ramón J, Sender* Huesca: Instituto de Estudios Altoaragoneses; Zaragoza: Institución Fernando el Católico, pp. 253-267.

Tovar, Antonio. (1966) «Dos capítulos para un retrato literario de Sender». *Cuadernos del Idioma*, (1966)17-35.

Uceda, Julia. (1980) «Realismo y esencias en Ramón J. Sender». *Revista de Occidente*, (82) 39-53.

————. (1982) «Ramón J. Sender». *Ínsula*, (424) 3-4.

————. (1992) «Criaturas senderianas (Variaciones sobre una obra abierta)». *Alazet* (4) 187-214.

Vásquez, Mary S. (1992) «Estrategias de guerra y texto en Contraataque de Ramón J. Sender». *Alazet*, (4) 215-230.

————. (1997) «América como texto y contexto en la cuentística del exilio de Ramón J. Sender», en Juan Carlos Ara Torralba y Fermín Gil Encabo (eds.), *El lugar de Sender. Actas del I Congreso sobre Ramón J, Sender* Huesca: Instituto de Estudios Altoaragoneses; Zaragoza: Institución Fernando el Católico, 181-195.

————. (1998) «Two Early Novels of war: Hemingway and Sender», en Marshall J. Schneider y Mary S. Vásquez (eds.), *Ramón J. Sender y sus coetáneos. Homenaje a Charles L. King.* Huesca: Instituto de Estudios Altoaragoneses; Davidson: Davidson College, pp. 125-144.

Vásquez, Mary S. (ed.). *Homenaje a Ramón J. Sender*. Newark: Juan de la Cuesta, 1987.

Vived Mairal, Jesús. (1992) «La vida de Ramón J. Sender al hilo de su obra». *Alazet*, (4) 231-270.
———. (1993) *Primeros escritos (1916-1924): Ramón J. Sender*. Huesca: Instituto de Estudios Altoaragoneses.
———. (1997) «Tres calas en la biografía de Sender», en Juan Carlos Ara Torralba y Fermín Gil Encabo (eds.), *El lugar de Sender. Actas del I Congreso sobre Ramón J, Sender* Huesca: Instituto de Estudios Altoaragoneses; Zaragoza: Institución Fernando el Católico, pp. 121-140.

Watts, Luz C. de. (1976) *Veintiún días con Sender en España*. Barcelona: Destino
———. (1989) *Ramón J. Sender: Ensayo biográfico-crítico*. Buenos Aires: Ayala Palacio Ediciones Universitarias.

Yndurain, Francisco. (1982) «Sender en su obra: una lectura». *Cuenta y Razón*, (7) 7-19.

Thank you for acquiring

RÉQUIEM POR UN CAMPESINO ESPAÑOL.

from the
Stockcero collection of Spanish and Latin American significant books.

This book is one of a large and ever-expanding list of titles Stockcero regards as classics of Spanish and Latin American literature, history, economics, and cultural studies. A series of important books are being brought back into print with modern readers and students in mind, and thus including updated footnotes, prefaces, and bibliographies.

We invite you to look for more complete information on our website, **www.stockcero.com**, where you can view a list of titles currently available, as well as those in preparation. On this website, you may register to receive desk copies, view additional information about the books, and suggest titles you would like to see brought back into print. We are most eager to receive these suggestions, and if possible, to discuss them with you. Any comments you wish to make about Stockcero books would be most helpful.

The Stockcero website will also provide access to an increasing number of links to critical articles, libraries, databanks, bibliographies and other materials relating to the texts we are publishing.

By registering on our website, you will allow us to inform you of services and connections that will enhance your reading and teaching of an expanding list of important books.

You may additionally help us improve the way we serve your needs by registering your purchase at:
http://www.stockcero.com/bookregister.htm

CPSIA information can be obtained at www.ICGtesting.com
Printed in the USA
BVOW070051090113

309726BV00001B/33/P